TANGO, TESTIGO SOCIAL

BIBLIOTECA LA SIRINGA

Colección *La cultura mistonga*

Dirigida por
Arturo Peña Lillo

ROMANCERO CANYENGUE
Horacio Ferrer
Prólogo de Alejandro Dolina
Introducción de Cátulo Castillo

* * *

EL TANGO • SU HISTORIA Y EVOLUCIÓN
Horacio Ferrer
Prólogo de José Gobello

* * *

Andrés M. Carretero

TANGO
TESTIGO SOCIAL

78 CAR
Carretero, Andrés M.
Tango, testigo social
1ª ed. - Buenos Aires
Peña Lillo
Ediciones Continente, 1999
160 p.; 23x14 cm

ISBN 950-754-059-8

I. Título - 1. Tango

1ª edición: Librería General de Tomás Pardo, Buenos Aires, sin fecha
1ª edición: en Ediciones Continente, abril de 1999

Libro de edición argentina

Pavón 2229
(1248) Buenos Aires, Argentina
Tels.: (54-11) 4308-3535 Fax: (54-11) 4308-4800
e-mail: ventas@edicontinente.com.ar

Diseño de cubierta: Mario Blanco
Diseño de interior: Mora Digiovanni

IMPRESO EN LA ARGENTINA
PRINTED IN ARGENTINA

Queda hecho el depósito que marca la ley 11.723

Se terminó de imprimir en los talleres de EDIGRAF
Delgado 834 - Buenos Aires - Argentina,
en el mes de abril de 1999

Cada vez que un ser humano informa sobre hechos pasados, aunque se trate de un historiador, debemos tomar en cuenta aquello que traslada al pasado, de manera inadvertida, desde el presente o desde los tiempos que median entre la actualidad y el pasado.

A mi hijo, Rodrigo Martín,
por todo lo que aprendí de nuestras diferencias.

Indice

Agradecimiento

Deseo hacer llegar mi agradecimiento muy especial al señor Clemente Gayá por haber tenido la amabilidad de permitirme libros de su biblioteca particular. También a Luis, Alberto y Eduardo Lacueva por la generosa, desinteresada colaboración que han tenido al permitirme buscar bibliografía muy difícil de obtener, en sus bien provistas y ordenadas librerías.

Merecen un párrafo aparte el señor José Gobello, el personal de la biblioteca de la Academia del Lunfardo, por facilitarme conocimientos y libros, lo mismo que el minucioso catálogo de la misma y las publicaciones realizadas. En esta misma situación, con el agregado de sus conocimientos personales y el calor humano que me dispensaron, es el reconocimiento para el Comisario Julio Grajirena y la señora Lily Sosa de Newton.

Para ellos y para todos los que me ayudaron y alentaron de manera directa o indirecta

Muchas gracias.

Un punto de arranque

El año 1874 es de importancia en la historia argentina por múltiples razones. Una de ellas está íntimamente vinculada con el tango. El alzamiento mitrista de esa fecha estuvo precedido por manifestaciones periodísticas contrarias a la política del gobierno de aquel entonces, que estaba en los últimos meses de su período constitucional, y al de Avellaneda que se iniciaba, por el fraude electoral realizado en las elecciones, poniendo el acento crítico en los excesos cometidos por Alem e Yrigoyen en la parroquia de Balvanera, como expresión máxima, pero repetidos con distinta intensidad en toda la República.

Junto a esas manifestaciones periodísticas, aparecieron rumores de un movimiento armado que se preparaba por parte de los mitristas, que eran los derrotados en las urnas comiciales. Ante la posibilidad de que podía haber bases ciertas para rumores y comentarios, el gobierno de Sarmiento dispuso la vigilancia de los mitristas más notables.

Después de mucho vigilar e investigar, se llegó a la comprobación de que las reuniones se realizaban en clubes políticos, casas de familia o bien en comités. En la mayoría de los informes policiales, apareció la coincidencia de la concurrencia a los prostíbulos, de mitristas importantes, a horas inusuales. No al atardecer o noche, sino a la mañana o en las primeras horas de la tarde. Por ello se procedió a allanar algunos locales para verificar qué ocurría. Se llegó a dos conclusiones: 1) No había mujeres y 2) el pretexto de las reuniones entre hombres solos, como los encontrados, era que estaban charlando y tomando una copa. Ninguna de estas circunstancias era delito.

La policía optó entonces por interrogar a los encargados de los locales y de esos interrogatorios es que surgieron las referencias al tango. Una síntesis de las declaraciones obtenidas informó: los locales eran propiedad de personas no detenidas. Los que daban la cara en el tiempo de funcionamiento eran mayoritariamente mujeres y los hombres detenidos reconocieron que eran los "maridos", sin estar casados por la Iglesia, "amor", "pareja" o "compañero", fuera de las horas de trabajo. De tres hombres detenidos y tras un "hábil interrogatorio", se tuvo la confesión de que en esos locales los mitristas realizaban reuniones conspirativas, pagando por el tiempo que ocupaban los locales. Algunos interrogados reconocieron ser propietarios de los edificios y de los negocios que funcionaban (prostíbulos); las mujeres que figuraban en los registros policiales eran las madamas; dos de esos detenidos eran cuarteadores y uno carrero como trabajo lícito, fuera de esos locales.

La mayoría de las mujeres que trabajaban para atender eran contratadas, a razón de un porcentaje de la tarifa cobrada a cada cliente. No eran buscadas por las encargadas sino que se ofrecían voluntariamente. Como el interrogatorio debe de haber sido muy "hábil", también confesaron que en el local se tocaba música para entretener a los clientes. Esa música era brindada por violín, guitarra y flauta. En una de esas confesiones se manifestó la intervención esporádica de un acordeón. La música ofrecida consistía en un repertorio de valses, polcas, zarnbas, milongas y tangos.[1]

Los allanamientos se realizaron en un vasto sector de la ciudad y por las direcciones indicadas en los procedimientos policiales se comprueba que para el año de referencia, los prostíbulos estaban rodeando la Casa de Gobierno y no se extendían mucho más allá de la actual calle Paraná en dirección al poniente y hasta la actual San Juan por el sur, mientras que por el norte no superaban el trazado de Viamonte actual.[2]

Otras declaraciones de mitristas detenidos en los procedimientos, expresaron que habían recorrido varios cafés, en busca de simpatizantes para invitarlos a las reuniones preparatorias: algunos ubicados en las cercanías de las esquinas de Maipú y Esmeralda, el casino ubicado en la actual calle Sarmiento entre San Martín y Florida y otro en la calle San Martín entre Sarmiento y Corrientes. Otros dijeron que concurrían a la casa amueblada (prostíbulo disimulado) ubicada en Rivadavia 9.

También mencionaron que habían concurrido en búsqueda de adeptos en lugares situados en los alrededores de la Plaza Lavalle, donde estaban ubicados los cuarteles.

Para esta fecha Buenos Aires casi no tenía por completo servicios sanitarios de aguas corrientes y cloacas. El agua consumida por la población se obtenía del río, haciéndola decantar para que se limpiara superficialmente o por medio de los pozos, aljibes, utilizando baldes, sogas y una roldana, para elevar el recipiente cuando estaba lleno. El agua extraída provenía de las capas subterráneas. Algunos mucho más previsores recogían agua de las lluvias y la conservaban por la pureza, para utilizarla en la preparación de las comidas. La eliminación de los excrementos se realizaba en el llamado "pozo ciego", que los llevaba hasta las capas subterráneas, contaminándolas.

Por ello entre 1869 y 1870, por las frecuentes y fuertes lluvias, se elevaron los niveles de las napas y de los arroyos que cruzaban la ciudad. Esto provocó un retardo en la eliminación de los detritus, creando focos infecciosos. Se produjo entonces la fiebre amarilla de 1871 que azotó la ciudad y región circunvecina con su saldo de muertos. Por fin en 1874 se habilitaron las aguas corrientes en el sector céntrico de la ciudad, complementado con las cloacas. Los barrios siguieron sin estos adelantos fundamentales de la higiene hasta muchos años más tarde.

En los barrios del sur, especialmente en San Telmo y Monserrat, donde se concentraba la población de origen africano, florecieron negocios de menudencias, pulperías, posadas y fondines atendidos muchos de ellos por "mujeres mal opinadas", eufemismo utilizado para designar a las prostitutas o a las sospechadas de serio. En esos barrios convivían los negros esclavos supérstites, o descendientes, libertos, mulatos, con criollos afincados al radio urbano y que oficiaban de guitarreros, peones, cuarteadores, reseros y otros que eran vagos y maleantes. Una característica destacada en esos barrios era tener construcciones de un solo piso, la mayoría con paredes de barro y techos de paja. Allí se realizaban las reuniones de las llamadas "Naciones Negras", para allegar fondos sociales a las mismas. Estos fondos se destinaban a ayudar a los más menesterosos. Las fiestas daban lugar a bailes extraños a la comunidad blanca que los calificaba de "salvajes", musicalmente animadas con instrumentos primitivos. Se bailaba horas y horas y a medida que se consumían bebidas alcohólicas, aumentaban los ritmos danzados, apareciendo con ellas la lujuria primitiva, de acuerdo con la conceptuación de los funcionarios blancos destinados a vigilarlas.[3] La algarabía y los desencuentros personales entre los concurrentes motivaron la intervención policial.

En Constitución, para el mismo año referencial, en los alrededores de la plaza homónima, las construcciones eran de poco precio, todas de un solo piso. Se alternaban las dedicadas a viviendas o alojamiento de trabajadores, con boliches, tenderetes, trinquetes, carnicerías, almacenes, despachos de bebidas y casas que eran refugios de gente de avería y mala fama, donde se improvisaban bailes a cualquier hora; se jugaba a la taba, se hacían riñas de gallos y se practicaba la prostitución de manera abierta o encubierta.

A esta zona concurrían los paisanos del sur llegados a la ciudad arreando hacienda y vivían los días que estaban hasta el retorno en las viviendas que se habían construido para alojarlos, conviviendo con peones de las barracas, de los acopios de frutos del país o curtiembres.

Para esta fecha Buenos Aires era un verdadero crisol, donde se fundieron y amalgamaron nacionalidades, formas de vida, lenguajes, dialectos, comportamientos sociológicos, estilos de trabajo, colores de tez, creando una sociedad nueva y un tipo humano distinto y hasta un idioma diferente. Todo ello consistió en la síntesis de los orígenes, conservando las raíces, agregándoles calidades y variaciones que le dieron en definitiva identidad propia y distinta.

PRIMERA PARTE

El medio social

La consulta documental desde la época hispana hasta 1870 estimadamente puede dividirse de la siguiente manera:

1) La referida al indio y al criollo;
2) La correspondiente a los negros, mulatos, zambos y otras variaciones de entrecruzamientos étnicos;
3) La separación entre las palabras y los hechos a las que son aplicadas;
4) La constante separación entre el blanco y las otras etnias.

El resumen de todo ello es la comprobación de que la documentación referida ha sido producida por una sociedad de blancos, machista, reglamentarista y represora. Hasta fines del siglo XVIII, esta sociedad no tenía unidad ni igualdad jurídica. Esto ha de seguir hasta 1813, en lo correspondiente a los esclavos, y en 1870 y años sucesivos, cuando estaban involucrados, menesterosos o los extranjeros, carecer de medios económicos o relaciones sociales.

Legislación y conceptos hispanos

La legislación que era aplicada a criollos, indios y mestizos nacidos de su convivencia, a pesar de que la legislación española disponía el buen trato –no el trato igualitario–, la lectura de la misma y de los Libros de Actas del Extinguido Cabildo de Buenos Aires y de otras fuentes históricas, permiten comprobar lo siguiente en una mirada muy rápida, para hacer una síntesis y no una exposición detallada: el criollo Hernando Arias de Saavedra, conocido como Hernandarias, en 1579 comunicó al rey de España que los mestizos eran "desvergonzados, sin ningún respeto a la justicia", y "que hacen muchos delitos y son amigos de cosas nuevas". Para corregir los vicios, dispuso la obligación de trabajar, persiguiéndolos, encarcelándolos, rompiendo las guitarras con que se entretenían, cantando tirados sobre los cueros y para no dejar duda de su celo y de su obra afirmó: " ... He puesto orden en las vaquerías en las que vivían mucha gente perdida...", persiguiendo también a los mercaderes y personas que trajinaban con la yerba mate, hasta "quemársela toda".[4] Otros afirmaron con no menor crudeza, como Alonso de Ribera sostuvo, que los mestizos eran grandes holgazanes y vagabundos.[5] A fines del siglo XVIII –1790– se decía en Buenos Aires que la causa principal de la disminución del ganado vacuno era la existencia en la campaña de la plétora de vagos y ociosos, sin más medio de vida que el robo de ganado.[6]

Dos años antes el Cabildo de Buenos Aires dio un verdadero prontuario de los gauchos en su intento de controlarlos y sujetarlos. Sostuvo entre otras cosas, que eran responsables de muertes, robos, destrucción de ganados, dando daños a la Religión, al Estado y al comercio. Por la "...multitud de Bagabundos, foragidos, gentes ociosas y araganes [sic], que abundan en campaña, constituyen una verdadera peste...".[7]

Para corregir estos excesos se propuso controlar el domicilio, origen, causa de su emigración, explicar quién es, qué clase de vida hacía, etcétera.[8]

Con respecto a la situación de la mayoría de las mujeres de la campaña, se las describió "...desnudas, que no han escuchado una misa en su vida. De aquí sus prostituciones, de aquí la necesidad que induce al hurto y otras consecuencias fatales..."[9]

En vísperas de los hechos de Mayo *El Correo de Comercio* aconsejó el levantamiento de un padrón de la campaña para determinar la cantidad de vagos existentes.[10] Para ese entonces la música de los gauchos y sus mujeres eran la cifra, la copla, el fandango, el fandanguillo y una manera de dialogar en versos improvisados, acompañada con rasgados de guitarras. Los que se habían afincado en el radio urbano –que eran los menos– además de lo anterior, practicaban u oían y bailaban jotas, u otras músicas españolas.

Los viajeros del período hispano no han sido mucho más benévolos con las adjetivaciones. Así el Padre Lizárraga opinó que no valía la pena perder el tiempo con los mestizos, por el poco valor que tenían como hombres o como mano de obra.[11] Ordoñez de Ceballos fue más categórico cuando afirmó que los mestizos (hijos de españoles con indias) son perdidos y vagabundos.[12] Concolorcorvo es bien conocido por sus afirmaciones condenatorias, especialmente en el arte de cantar y tocar la guitarra,[13] coincidiendo en líneas generales con Espinosa, Azara, Aguirre, García y Haigh. Otros testimonios sospechaban que practicaban los mismos vicios de los indios "...y otros vicios que dejo en silencio...", según Andonaegui,[14] refiriéndose a la homosexualidad y sodomía.

Estos calificativos y otros peores se han de reproducir en los documentos oficiales con posterioridad a 1810, y podemos recordar las Ordenanzas de Oliden del año 1816, de extrema dureza, con castigos corporales agraviantes, el fracasado intento del "Estatuto del Peón" y práctica coercitiva de la "libreta deconchabo" de la época rivadaviana y aplicada con todo vigor en años sucesivos.

Para la década de 1810, en el teatro porteño se representaban obras con personajes de borrachos y maleantes, caracterizados para la escena como los gauchos de la pampa. Entre 1810 y 1830, publicaciones periodísticas como *La Gaceta, El Pampero, El Gaucho, La Gaceta Mercantil, El Triunfo, El Argos* y otros, todos de Buenos Aires, divulgaron publicaciones condenatorias al gaucho por su régimen de vida, de trabajo, etc. Lo mismo puede afirmarse respecto de la documentación contenida en los libros de policía correspondientes a pulperías, prófugos del Ejército, Juzgados de Paz de la campaña, Comisarías de la ciudad y Registros de afiliaciones, coincidiendo en lo correspondiente a los antecedentes de las mujeres de vida ligera, reunidas para ser enviadas a los lugares de reciente fundación en la campaña, así se casaban con los soldados y daban estabilidad a los poblados recientes, al mismo tiempo que "limpiaban" a la ciudad de Buenos Aires, de esos elementos "indeseables" y "perdidos", según las calificaciones de Tomás M. de Anchorena que sugirió la práctica a Rosas. Esta práctica fue repetida por Valentín Alsina, con posterioridad a Caseros.

Los negros en los testimonios

Respecto de los negros y los mestizos resultantes de las cohabitaciones de los blancos con negros, indios y las mezclas que se produjeron entre los descendientes,[15] la legislación fue más severa que para el criollo y el nativo aborigen, agravada hasta 1813, por la condición de no tener entidad jurídica propia, pues eran propiedad del blanco que los compró o heredó. Los negros eran introducidos por españoles, portugueses, franceses o ingleses, de manera legal o de contrabando, se usó la carimba o marca de fuego, aplicada a ellos como si fueran ganado, para demostrar que tenían propietario.[16]

El censo de 1778 demostró que existían 7.235 esclavos y 16.023 blancos,[17] lo que representa 2,21 blancos por negros esclavos y 0,45 negros por un blanco poblador de Buenos Aires. A medida que los negros introducidos se fueron adaptando, habituando a las leyes de los patrones, como a sus costumbres, dentro de estrechos límites permitidos, fueron realizando reuniones bailables en los lugares llamados tambos, candombes y tangos.[18] Esos mismos testimonios mencionados antes, expresaron que casi siempre las reuniones bailables de los negros terminaban en excesos y escándalos. Esto los hizo prohibir. En años posteriores a 1802, con existencia de periódicos, aparecieron avisos vendiendo, comprando esclavos y después de 1813, reclamando señas sobre el paradero de negros que se habían fugado, indicando las señas físicas, oficios, mañas y habilidades para poder identificarlos. Un resumen de las quejas contra los bailes de los negros es el siguiente: en 1777 se quejaban las autoridades de sus danzas y para 1788, porque los bailes se hacían en los conventillos, habitados por negros, donde "...se incitaba a la lujuria...". Después de 1810 se formaron cuerpos de ejército de negros a los que se les prometía la libertad, después de largos años de servicio, si llegaban a sobrevivir.[19] De la época de Rosas son siempre recordadas las reuniones de negros con la presencia de don Juan Manuel y su hija Manuelita. Vicente F. López dice de ellos: el desplazamiento de los negros "desde sus barrios eran como una amenazadora invasión de tribus africanas". Víctor Gálvez, a su vez, comentó que las concentraciones de negros bailando en el centro frente a Rosas, hacía que "desde los balcones de la casa de Riglos, de la Policía, del Cabildo, centenares de porteños de buena sociedad, presenciaran los espectáculos". Finalmente José Ramos Mejía los calificó: "Es un tango infernal y peculiar de ellos el que se baila en los locales con vivas al Restaurador y a la Federación". Los miembros de la llamada Generación del 37 se mostraron interesados en las manifestaciones musicales populares de origen europeo e ignoraron, cuando no despreciaron, las de los negros y de las otras clases populares. Hipólito Bacle dio a conocer estampas (litografías) de negros y negras ocupados en la venta de escobas, plumeros, pasteles, empanadas o llevando ropa lavada. Y para completar el panorama hay que mencionar los bufones de Rosas, también negros, Biguá y Eusebio.

Después de Caseros

La derrota de Rosas y la llegada de Justo J. de Urquiza, significó un rudo golpe para los negros de Buenos Aires, pues la mayoría de la población negra de la ciudad, especialmente la masculina, en condiciones de servir en el Ejército, fue reclutada y llevada a Entre Ríos. Allí fue vendida casi toda al Brasil como esclava, violando las leyes que regían respecto de la esclavitud. Esto explica en parte que la Argentina en general y Buenos Aires en especial, carezca de población negra o sus descendientes en cantidades apreciables. Lo poco que quedó se reconcentró en San Telmo y Monserrat. En ellos, las casas que habitaban, eran las más pobres, con elementales condiciones de comodidad e higiene, como fueron la mayoría de las construcciones destinadas a dar alojamiento a la mano de obra urbana y a la rural que llegaba conduciendo ganados o carretas con frutos del país. A estos barrios se los llamó "barrios del candombe" por ser la música más oída en las reuniones bailables; "barrios del tambor", por ser el instrumento de percusión más usado en esas reuniones y finalmente los llamados "barrios del mondongo", al ser esta víscera regalada, con otras, por los matarifes de plaza y por ello consumida masivamente por la gente pobre, fuera negra o de otro color de piel que en ellos se alojaba. "Mondongos" fueron algunos negros traídos desde Africa, siendo "los más humanos", según expresiones de Charlevoix.[20]

En sus reuniones los negros buscaban varios objetivos, y tenían como característica la de ser abiertas, o sea, no restrictivas para los blancos u otras etnias. Por ello concurrían criollos, gauchos y hasta algunos hijos de familias acomodadas en búsqueda de diversión, esparcimiento y la nota exótica. El no negro no bailaba ni ejecutaba música, sólo miraba. La literatura de la época (1850-1870) se distinguió por tratar el tema de las fiestas de los negros, con las agudas críticas referidas a las maneras que tenían de divertirse, distintas de las acostumbradas por los blancos: cantos en voz alta (gritos) y a los quejidos que se oían cuando se peleaban o discutían. También los documentos de la época rastreados hasta 1870, permiten comprobar que el blanco letrado, que fue quien escribió las crónicas y las críticas, llamó a los lugares de reunión indistintamente tambos o tangos. Con posterioridad a 1762 aparece la designación de tambos a las reuniones de negros para bailar y se designa con la misma palabra a los bailes que en ellas se realizan. Esto refleja una ignorancia casi total respecto del baile de los negros. No supieron diferenciar lo sagrado de lo profano, ni lo correspondiente a las distintas agrupaciones étnicas. Muchas danzas negras fueron restringidas al máximo, por ser para iniciados, en determinados cultos religiosos.[21] Otra característica de la documentación posible de consultar respecto de los negros, es que se llamó "quilombo", a las casas o lugares donde se practicaba el comercio sexual, fuera o no con participación de *prosti* negras. Esta palabra, de origen bunda, significó: choza o casa escondida entre los montes. Lugar donde se refugiaban los negros huidos y reunión de varias chozas. Igualmente se llamó así, a los negros huidos, y a aldeas de negros.[22]

Es altamente ilustrativo que la documentación histórica condenara la frecuentación de personas reunidas en las casas de esa manera llamadas. Así para 1827 aparece en los libros de Policía el arresto de mujeres que se reunían en "casas de quilombos". El arresto y la condena consiguiente es por reunirse, no por realizar el comercio carnal. Para la misma época Manuel Dorrego realizaba reuniones contra Bernardino Rivadavia, en lugares populosos. Su simpatía personal le granjeó el liderazgo y muchos testimonios, algunos son muy críticos, por sus vinculaciones con cuchilleros y prostitutas, demuestran la atracción popular de esos lugares. Algunos de esos testimonios afirman que pardas y morenas, que lo apoyaban políticamente, se le ofrecían sexualmente en la calle o en los lugares de las reuniones públicas. La oposición lo acusaba de no guardar recato y de recurrir a esos métodos con tal de reclutar adeptos, sin tener en cuenta la calidad social de sus seguidores, pues cuarteadores, lavanderas, además de las mencionadas, eran quienes le hacían la guardia personal en esas reuniones.

La disminuida comunidad negra necesitó ingresos para subsistir y después de 1855 proliferaron en Buenos Aires los lugares para aprender a bailar, llamados "Academias de baile". Ya en 1844, apareció en *La Gaceta Mercantil,* el diario oficialista de la época rosista, un aviso anunciando la instalación y funcionamiento de una de ellas en el Paseo de La Alameda. La aceptación oficial de esta modalidad de trabajo demuestra que ya existían desde antes y eran toleradas. La legislación de 1855, si bien permitía su funcionamiento, reglamentaba el mismo. Prohibía que en ellas se despacharan bebidas, el ingreso de borrachos, la práctica de bailes procaces; la prohibición se extendía a los hijos de familia y a los "domésticos", que no estuvieran autorizados por sus patrones a concurrir. Esas prohibiciones permiten deducir que quedaban habilitados para concurrir a ellas los hombres solos, mayores de edad. Ya para 1852 se reiteraron las quejas de los bailes practicados en tambos. Esas confusiones en el lenguaje se reiteraron por muchos años en esta y otras materias.

La juventud necesita diversión

Para la segunda mitad del siglo pasado es cuando se inicia el proceso de transculturación musical. Vicente Rossi, en su trabajo, sostiene que la población pobre carecía de lugares de distracción y esta afirmación no es muy válida. La clase adinerada y culta de la ciudad tenía los teatros y reuniones sociales y familiares semanales. Los artistas que en ellas actuaban eran casi siempre europeos que interpretaban obras de teatro en lenguaje culto y la música que se escuchaba eran valses, minuets, polcas, mazurcas, cuadrillas, óperas, etc. El pueblo, la clase trabajadora en general, tenía para distraerse y divertirse las casas de las chinas cuarteleras, los circos trashumantes, pulperías, boliches, cafés, los llamados quilombos, academias de baile, carreras cuadreras, riñas de gallos, peleas de perros, además de juegos como los naipes, taba, bochas, pelota a paleta, que se practicaban sin necesidad de instalaciones especiales. La mayoría de ellas tenían la particularidad de no cobrar entrada para ver y oír. Pero para bailar, para estar con mujeres, para jugar, sí se necesitaba dinero. A la mayoría de estas reuniones se acercaban músicos y se armaban dúos o tríos que ofrecían música a los concurrentes. En todos esos lugares, salvo donde predominaban los negros, la música estaba armonizada con la ejecución de la guitarra española, acompañada con flauta, violín o algún otro instrumento. La guitarra traída desde España se difundió muy rápidamente por toda América y no hacía falta haber estudiado música para ejecutar, o por lo menos intentar ejecutar, piezas musicales en ella. Por otra parte, el criollo de la pampa la usaba para sus punteos y para las piezas de origen folklórico, heredadas de sus raíces indias, que eran parte de su repertorio. Esta música popular, instintiva, no culta, se transmitía por memoria auditiva, no por letras escritas, dando lugar a una síntesis que, en muchos casos, fue creadora, al unir partes memorizadas (no la pieza entera) con otras partes también memorizadas que armonizaban entre sí. Al acercarse o radicarse al centro urbano, agregó a su repertorio, enriqueciéndolo, piezas de origen europeo y poco a poco asimiló la música del negro y más adelante la habanera.

De la suma de todas estas músicas que se podían oír en las reuniones mencionadas, se han de ir formando dos cosas distintas pero íntimamente unidas entre ellas: el estilo de interpretación por medio de la memoria auditiva y un ritmo musical, que fue el compendio de todos los otros ritmos. La transculturación se realizó por síntesis, al recordar algunos trozos musicales y partes de los estilos empleados para ejecutar las músicas escuchadas. La casi totalidad de los músicos de esos momentos, sin importar qué instrumentos ejecutaban –guitarra, corneta, violín, flauta, clarinete, armónica, tambor– tenían en común su incapacidad para leer e interpretar música escrita en pentagrama, porque eran analfabetos musicales. Esto restringió la gama o abanico de piezas posibles de ejecutar y tener en el repertorio de cada uno de ellos. Quedaban las que se memorizaban y de ellas las partes más fáciles de recordar. Como contrapartida quedaba librada la inventiva creadora de cada intérprete, el agregado, supresión o variación de las partes memorizadas y ejecutadas. Esto daba posibilidades infinitas para las variantes de un tema musical original, con el añadido de que cada ejecución podía llegar a ser nunca igual a la anterior. Por ello desconfío de las restauraciones hechas en la década de 1880, para piezas transmitidas auditivamente. Se atribuyen a determinados autores, que es otro tema para desconfiar, por no haber registro escrito de las músicas desde antes de esa década. Cualquier versión pudo ser tomada como válida, pero no por ello auténticamente correcta o verdadera.

Las chinas cuarteleras y su entorno

Los cuartos de las chinas merecen consideración aparte. Las tan mentadas y casi siempre despreciadas chinas cuarteleras eran criollas, algunas indias, alguna cautiva no recibida por la familia después del rescate, morochas, zambas, negras y la infinidad de variaciones étnicas que surgieron de la convivencia y la mestización sin tener en cuenta qué iba a resultar del apareamiento permanente o esporádico. En ellas predominó la fidelidad a los soldados, pues los seguían de cuartel en cuartel, de fortín en fortín, de guerra en guerra, por las rutas de marcha, para acompañarlos en los campamentos, en las buenas y en las malas. Fueron esposas, amantes, novias, parejas estables o momentáneas y oficiaron de lavanderas, enfermeras, consuelo físico y amparo espiritual de tantos servidores públicos como fueron nuestros soldados. Los nombres de estas chinas cuarteleras se han perdido en el anonimato de los tiempos y no hay una lápida que les rinda el homenaje que se merecen.

A estos cuartos de las chinas cuarteleras, concurrían, entre otros, los soldados, hombres solos para encontrar compañía femenina o para tomar mate y conversar. La soledad de la pampa impulsó al diálogo y estas mujeres fueron las mejores escuchas y las más idóneas corresponsales de tantas palabras retenidas. Esos hombres solos traían, además de su premura por la comunicación oral y sexual, la guitarra y sus sones folklóricos. En bailes improvisados o no, se cambiaban las piezas que cada uno estaba en condiciones de ejecutar o cantar. Poco a poco se fue aceptando la habanera cubana, pero modificada por la influencia de la música negra local, especialmente el candombe. Esta composición musical, sus consiguientes ritmos, se fue transculturizando, condensando en síntesis auditiva. Logró captar adeptos por lo pegadiza, en cuanto al canto que se podía acoplar a la música.[23] En cuanto al baile, también se amalgamó y se sintetizó, en la llamada milonga. La variación introducida por la habanera fue la pareja enlazada, pues los bailes originales de los negros son todos sueltos.

Otros lugares de reunión

Rescatada la parte meritoria de los cuartos de las chinas, hay que reconocer que otras mujeres allí cerca se alojaban y que no tenían vinculación estable con los soldados, pues eran prostitutas disimuladas y sus alojamientos, lupanares o garitos.

Desde la antigüedad se practicó la prostitución y a la mujer dedicada a ella se la llamó prostituta, puta, meretriz, ramera, hetera, trotona, publicana, minusa, ganforra, patinadora, yiro, fulana, zorra, buscona, cocota, solana, esquinera, tuna, manceba, daifa, golfa, voladora, gallina, burra, cochina, barragana, cortesana, sopladora, suripanta, gorrona, yegua, cabra, chupadora, colchoneta, pécora y mil nombres más.

A su alrededor se fueron dando cita los guapos y compadritos, imponiendo su presencia física o destreza cuchillera desplazando a quienes no estaban dispuestos a disputar una supuesta hombría a punta de cuchillo, para controlar el ingreso de las mujeres o de los garitos. Cuando las reuniones bailables eran en los cuarteles de los negros o mestizos, o sea, en los barrios de San Telmo y Monserrat, los guapos y compadritos fueron desplazando a los negros como figuras centrales de los bailes. Lo mismo ocurrió paulatinamente en las academias y romerías. Este desplazamiento inicial de bailarín por guapo o compadrito, se transformó en el desplazamiento del negro por el blanco. A medida que el blanco fue aceptando y aprendiendo los nuevos ritmos, bailados inicialmente, casi exclusivamente por negros, los fue relegando y ocupó el lugar del bailarín central. Prevaleció en esos momentos la cantidad de hombres blancos que deseaban bailar, que aprendieron y lo hicieron tan bien o mejor que el negro. Esto se patentizó en 1869 al formar algunos blancos la "Sociedad de los Negros" como comparsa carnavalesca. Estas comparsas estaban compuestas por los "niños bien" que podían comprar las costosas ropas con que se vistieron. Utilizaron este medio novedoso para seguir divirtiéndose. El público los llamó *los negros de hollín* o *negros del corcho quemado.*[24] Inicialmente el negro podía, pese a su inferioridad numérica, burlarse de los blancos criollos o inmigrantes, por la inexperiencia que demostraban cuando se iniciaron en el baile, por los errores que cometían. Esta burla consistió en la correcta ejecución de la coreografía, pero exagerando los pasos para demostrar que a pesar de las libertades que se tomaban, no salían del ritmo ni rompían la cadencia. También consistió en cambiar y transformar la coreografía, pero manteniéndose siempre dentro del ritmo musical.

Nuevos bailes para todos

La música en los cuartos de las chinas cuarteleras o en las casas de las negras mondongueras, eran ejecutadas con guitarra, acordeón, violín, arpa, flauta y algún elemento de percusión. Cuando faltaban instrumentos, los reemplazaba algún organillo callejero que había adaptado a su cilindro el ritmo y la cadencia preferidos por el público. Así, de a poco, las diferencias se empezaron a notar. Los bailes negros sueltos, enfrentándose la pareja al bies, llevando el ritmo y la coreografía, cada bailarín por su cuenta, con toda la cuota de inventiva personal, que lo hacía más atractivo. Esto permitía la creación repentina y sobre la marcha. Con la habanera, la pareja bailó enlazada, manteniendo los cuerpos separados, para facilitar los pasos de la coreografía. En la milonga, por el contrario, la pareja bailó abrazada, siguiendo la mujer los pasos que el hombre marcó tomando la iniciativa coreográfica. Es aquí donde la mujer inicia su papel complementario, cuando antes, en el baile negro, era igual que el hombre.

Para 1860 han adquirido gran importancia numérica las academias de baile, y las cantidades de hombres solos que querían aprender a bailar han crecido mucho. El baile es una manera de lograr relación, iniciar el diálogo, poner los inicios de una amistad y la oportunidad de una cita posterior. El baile facilita y agiliza las relaciones entre el hombre y la mujer. Por ello tiene en esos momentos históricos tanta aceptación. Ya las academias de baile eran famosas en los comentarios de las familias de buena posición social y en los anales policiales, por los escándalos y líos callejeros que armaban sus concurrentes. A veces una copa no aceptada, otras, por el invite al baile con una mujer, no bien recibido, y finalmente por un exceso de alcohol, a pesar de la prohibición de su venta en los locales. Esas y otras eran las razones para los roces, las peleas y la llegada de la policía. También para la misma fecha se popularizó la guajira flamenca. Tenía la particularidad de estar escrita en 6/8, pero ejecutada en 2/4. En el candombe, la música era brindada por los tambores, mazacalles, palillos, hueseras y tacuaras, todos ritmos que se podían ejecutar también en 2/4, careciendo de escritura.[25]

Como los músicos de la época, negros o no, no sabían leer música, tuvieron dificultad al ejecutar la música en 6/8. Por ello usando la memoria y la creación repentina, las ejecutaron en 2/4, usando la guitarra, los otros instrumentos y los tambores del candombe.

Las academias de baile más famosas de la época estuvieron ubicadas en Solís y Estados Unidos, Pozos e Independencia y la de Carmen Varela, en Plaza Lorea, muy cerca del actual emplazamiento del monumento a Mariano Moreno. Esta última, como signo de la importancia que había adquirido, tenía un piano en el salón. En general, el piano, reservado para las casas de familia, era un signo distintivo de buen gusto, de refinamiento espiritual y de buena situación económica, en pocas palabras, de *status*. En cambio la guitarra era el instrumento popular y para ese entonces ya abundaban los cantantes de milongas y concurrían a los lugares de bailes populares.

El pobrerío creador

La mayoría de la población trabajadora del Buenos Aires de ese entonces, vivía en conventillos y ranchos. El censo de 1869, sin ser perfecto, da una interesante información. La cantidad de casas consideradas como conventillos eran 653. Además de esta designación, se las llamó de diversa manera como corralón, casas de rentas, quilombos, cuarteles, casas de cuartos familiares, lupanares, etc. Por ello es muy difícil establecer la cifra correcta en las fechas censales o en los informes municipales, pues primó en las declaraciones el criterio del censista o del declarante, al llenar el formulario respectivo, pensando estos últimos en los impuestos municipales. De todas maneras, eran comunes los conventillos con más de 50 habitantes. Llegaron a registrarse en Corrientes 68, uno con 162 personas; Viamonte 46, otro con 102; Tucumán 26 otro más con 109, no siendo escasos los de 70, 80 o 90 moradores. Las condiciones de higiene y salubridad eran muy escasas y las comodidades mínimas. No todos los conventillos tenían sus habitaciones con puertas y ventanas para permitir privacidad a sus moradores. Paralelamente a estas concentraciones de población, estaban los prostíbulos de categorías muy variadas. Para 1870 ya estaban diferenciados en dos clases: los de lujo y los otros. Los primeros eran caros, reservados para la población con dinero. Estaban concentrados en calle Defensa, muy bien amueblados, con salones de espejos, reservados para fumar, conversar, jugar a las cartas y elegir mujeres sin apuro. Estas mujeres eran alemanas, italianas, francesas, jóvenes y atractivas, de menos de 30 años de edad.

Lo otros, los pobres, funcionaban en casas decrépitas, mal conservadas. Las mujeres que en ellos atendían a la clientela eran negras, mulatas, pardas, alguna india y raramente blancas, pero con la característica que ninguna de ellas era joven. Su clientela estaba formada por marineros, obreros, peones, gauchos, criollos e inmigrantes. La ubicación de estos negocios estaban alejados de los domicilios familiares de las calles Bolívar y Perú. Dentro de ellos se encontraban gradaciones marcadas por los niveles del escaso poder de pago de la clientela, pues llegaban hasta a ubicarse en pulperías, tropas de carretas estacionadas o taperas, llegando en su extremo menos acomodado, a los situados en caminos de extramuros.

Para esta fecha, ya se había importado el acordeón, que tuvo muy buena acogida entre los músicos. Permitía interpretar piezas musicales sin muchas dificultades técnico-digitales, posibilitando el aprendizaje hasta llegar a tener un buen dominio del teclado del instrumento. Poco después llegó –c. 1870– el bandoneón chico de 32 o 35 botones de teclas o voces. Facilitaba, por su pequeño tamaño y escaso peso, la ejecución de parado, con un soporte alrededor del cuello o la espalda. La botonadura era también fácil de manejar y esto hizo que el paso del acordeón al bandoneón chico no fuera dificultoso. Así, el primero fue quedando relegado y el segundo, a medida que se comprendían las posibilidades sonoras que tenía, se fue imponiendo. Con la llegada de los bandoneones más grandes (más botones o voces), pesados, hizo necesario ejecutarlos sentado. El aumento en la riqueza sonora los convirtió en el instrumento básico para ejecutar música popular.

Otros lugares donde se oían músicas populares eran los circos. Se usaba esta música para acompañar algunos números y en los intervalos para distraer a la concurrencia. En ellos también fue entrando lenta y firmemente la nueva música popular. También concentraban la llegada de público los frontones de pelota, los reñideros de gallos, los garitos, las pistas de carreras cuadreras, de bochas y las pulperías. A todos esos lugares concurrían los músicos para armar conjuntos improvisados o actuar como solistas, por una tarde o una noche y ganar un poco de dinero. En los lugares de baile o para escuchar música, se interpretaban gatos, zambas, cielitos, habaneras, valses y los nuevos ritmos milongueados. Cuando había baile se bailaba, según Rossi, "milongueado quebrado". Un informe de la ciudad de Buenos Aires de 1871, da la existencia de siete barrios: El Socorro, Constitución, Boca, Barracas, San Telmo, Monserrat y Recoleta.

El resto eran suburbios mal poblados, sin calles, con lagunas, potreros, hornos de ladrillos, con poblaciones dispersas. Estas zonas sin urbanizar estaban unidas a los caminos principales por huellas o rastros, más o menos definidos. En los barrios había academias de baile, que eran en realidad peringundines más o menos encubiertos. Allí concurrían soldados, obreros del campo llegados con las carretas, arrias o arreadores de ganado, el compadraje y jóvenes de familia, en búsqueda de distracción y placer. La designación de academias de baile es, en realidad, un eufemismo, para no llamarlos prostíbulos lisa y llanamente. En todas se vendían bebidas alcohólicas, practicaban juegos de carpeta, o de azar, más amañados que limpios. Entre las bebidas y las trampas, lo normal era que al final de la noche se produjeran peleas dentro y fuera de los locales, con heridos, contusos y algunos muertos. Los llamados "hijos de familia", que era otro eufemismo para llamar a los vagos de apellido social y dinero, que frecuentaban esos lugares de diversión, ocultándolo a los padres, casi siempre eran los protagonistas de esos hechos que perturbaban la noche porteña. Inicialmente, concurrían individualmente, pero luego lo hicieron en barras o patotas.

La prostitución reglamentada

La abundancia de casas de chinas, quilombos, academias, peringundines, etc., y la práctica desembozada en todas ellas de la prostitución, obligó a las autoridades a dictar el 5 de enero de 1871 y publicar en medios oficiales y periódicos el "Reglamento sobre prostitución". Antes de esa fecha no había legislación punitiva ni reglamentarista al respecto. La parte encargada de dirigir en esos aspectos la sociedad entendía, al sancionar ese reglamento, que la prostitución era éticamente despreciable, pero también necesaria y por ello tolerable. No se pretendía erradicarla, sino encuadrarla dentro de ciertos límites, para garantizar su existencia regulada y controlada desde el punto de vista médico, social y policial. Así, reglándola, se salvaba la moral administrativa. La prostitución facilitó la propagación de la sífilis. Esta enfermedad recibe ese nombre por haber sido descubierta en un pastorcito de nombre Siphilus. El descubrimiento lo hizo Fracastorius, médico y astrónomo de Verona, mucho antes de la llegada de Colón a América.[26] Coincidió la llegada de éste, al regresar de su primer viaje, con la generalización de la enfermedad entre las tropas francesas situadas en Nápoles y en otros ejércitos. Por eso fue llamada "mal gálico" o "mal napolitano". Los mahometanos la designaron como mal cristiano. Desde el punto de vista médico se reconocen tres etapas o estadios: el primero, es cuando aparece epitelialmente el chancro propiamente dicho o induración. El segundo estadio se caracteriza por la erupción cutánea con fiebre o inflamación de los ganglios. Es el estado más peligroso, pues se contagia con el contacto de piel. La tercera etapa se alcanza cuando aparecen las cardiopatías, aneurismas (globos). Su peligrosidad y falta de remedios en ese entonces, difundió un dicho de advertencia entre los jóvenes de las milicias: "Una noche con Venus y una vida con Mercurio", refiriéndose al mercurio utilizado como remedio, que no era eficaz, y producía dolores desgarradores en los enfermos.

Era común en la década de 1870 y posteriormente, que en los prostíbulos se ocultase o disimulase la enfermedad. Se la llamaba "vergonzante e incurable", y por el ocultamiento se propagaba mucho. A partir del Reglamento de 1871, las disposiciones de control médico de la salud de las prostitutas no sirvieron de mucho, por múltiples razones. Por ejemplo, cuando las mujeres presentaban los primeros síntomas, se cambiaban de prostíbulo, sin denunciar la enfermedad, o se eludía la visita del médico. Esa mujer ya enferma, pasaba a localidades del interior, donde los controles no existían o eran fácilmente eludibles. Otra manera de evitar la revisación médica era *convencer* al médico de que la mujer estaba sana.

Registros de prostitutas

Para poder tener un control administrativo, las autoridades dispusieron la existencia de Registros de Prostitutas, en las casas en que se ejercía la prostitución. Esos registros eran libros típicos de la mentalidad burocrática. Tenían tamaño grande, unos 30 cm de alto por 45 cm de largo, encuadernados. Las hojas tenían divisiones verticales para consignar el nombre del propietario, domicilio, nacionalidad, edad, profesión, fecha de iniciación y cierre de cada casa. La encargada y las mujeres que en él trabajaban, debían inscribirse dando su nombre, domicilio, edad, nacionalidad, fecha de ingreso y cuando se retiraban, fecha del cese y nueva ubicación. La columna del extremo derecho contenía el informe médico sobre el estado de salud, indicando *sana o enferma*, y la fecha en que se realizaba la revisación. Si no era una enfermedad venérea, la fecha del reingreso al trabajo. Además había que retener el certificado de salud o enfermedad de cada una de las mujeres que el médico revisaba, para posteriores controles. Estos certificados del médico debían acompañar al libro y servían para certificar lo indicado en la última columna, antes indicada. Los que he podido consultar, anteriores a 1930, de Capital Federal y varios partidos de la provincia de Buenos Aires, permiten comprobar que en la mayoría de la información reunida, se destaca que las encargadas eran mujeres de nacionalidad europea, muchas de ellas, eslavas. Las edades de las encargadas (madamas) era superior a los 45 años, o sea, habían superado la edad o etapa de *pupila*. Casi no figuran nombres de argentinas y casi ninguna era india, negra o mestiza. De las mujeres que trabajaban, pocas eran extranjeras, siendo mayoritariamente argentinas y sudamericanas de los países limítrofes. El propietario que aparece en esos libros era el rufián, macró o comerciante que lucraba con la más vieja de las profesiones. La difusión de los prostíbulos en la Argentina y de la prostitución ilegal, hizo que ya para 1885, se iniciara la trata de blancas, como comercio altamente organizado, con introducción de mujeres de manera sistemática, desde varios países europeos y el reclutamiento regimentado en sectores de la población local. La lectura de esos registros permite comprender que junto a la prostitución, se movió gran cantidad de dinero. Esto atrajo a muchos para convertirse en rufianes y a otros menos capaces o hábiles, en alcahuetes. A su vez la prostitución fomentó la delincuencia bajo distintos aspectos y la corrupción de algunas autoridades y médicos.

El impacto inmigratorio

Después de la caída de Rosas, los barrios y las fiestas de los negros dejaron de ser lugares semicerrados, pues la sociedad, en su conjunto, había iniciado un proceso aperturista. Coincidió con el aumento de la inmigración al cambiar las relaciones con las naciones del mundo.

Paulatinamente aumentó el número de hombres que llegaban con deseos de trabajar, enriquecerse, no todos para arraigarse. Muchos fueron inmigrantes golondrinas, que hicieron buena plata y regresaron a sus países de origen. De todas maneras el censo de 1869 registró 22.488 hombres extranjeros. El aporte de edades entre los 20 y los 40 años, que se consideraba en la época como el período de edad de máximo rendimiento laboral, significó el 60% de esa inmigración total. Este ingreso representó mano de obra dispuesta a trabajar, no siempre capacitada artesanalmente, para ocupar lugares de trabajos específicos. La mayoría de esa mano de obra era sin calificar, disponible para realizar cualquier trabajo, con tal de percibir un salario. Muy poca fue encauzada orgánicamente a la agricultura. La mayoría se replegó a tareas de servicios, haciendo de peones, changarines, mandaderos por horas, lavacopas y mil tareas que no requerían preparación previa ni especial. Por ello es que aparecen en los diarios entre 1870 y 1880, comentarios contrarios a la inmigración indiscriminada y no calificada. Con el tiempo, habían empezado a aparecer los menos aptos, los incapaces, los difíciles de adaptarse, los proclives a internarse en los vericuetos del delito, cuando no en reuniones políticas, para cobrar por la presencia física y los aplausos que brindaban a los discursos, aun cuando no entendieran bien el idioma de la nueva tierra ni les interesara el tema de los mismos.

De todas maneras, la población recién llegada necesitaba alojamiento, alimento y distracción. Para lo primero recurrieron a los conventillos, pues entre varios ocupaban una pieza y el alquiler resultaba bajo y soportable; lo segundo se solucionó en las fondas, tenduchos, pulperías y en la actividad de vendedores ambulantes. En todos los casos, unas pocas monedas cubrían las necesidades mínimas del hambre diaria. En esos momentos, los salarios que se pagaban eran superiores a los de Estados Unidos y de la mayoría de los países europeos. Para la distracción y el esparcimiento se recurrió a lo existente, o sea, los prostíbulos y las casas que ofrecían música, juego, baile, bebidas, mujeres y otros placeres no anunciados.

Allí chocaron con el tipo de ropa que traían de sus lugares de origen, con su lengua o su dialecto, pues nada tenían en común con las modas, el habla y costumbres del diario vivir de Buenos Aires. Aquí se inició otra faceta del proceso de transculturación: la del idioma. Tenían que expresarse en un lenguaje mínimo de palabras para entender y ser entendidos, saludar, llamar a cada uno por su nombre. Es entonces que los extranjeros iniciaron la pronunciación de las palabras locales, como pudieron, de acuerdo con la forma en que les sonaban a sus oídos acostumbrados como estaban a otros sonidos. Por su parte, el nativo también inició la pronunciación de las palabras extranjeras, en un intento de acercamiento social. Aparecieron entonces las palabras parecidas, deformadas, algunas atrabiliarias, otras incomprensibles. De todas maneras, en este período de transculturación, existió la burla del nativo, exagerando las maneras, la interpretación oral realizada por los extranjeros, del idioma cotidiano. Esta burla inicial bien puede ser considerada como el principio del cocoliche verbal, primera etapa del cocoliche de vestimenta o disfraz, utilizado en los sainetes y en el teatro, para caracterizar a algunas nacionalidades. La burla del nativo fue también una forma sutil de rechazo de las olas inmigratorias, pues representaban en lo inmediato, un desplazamiento en ocupaciones o las oportunidades de conseguir trabajo, por las menores ofertas de salarios exigidos, acuciados los recién llegados por las necesidades de ubicarse en la nueva tierra.

Como consecuencia de la peste de 1871, la mayoría de la población de San Telmo y Monserrat y parte de otros barrios afectados, los abandonó, quedando muchas casas vacías. Los pudientes se trasladaron al norte. Todas esas casas se convirtieron en lugares preferidos para vivir los italianos (tanos), vascos (tarugos), árabes (turcos), españoles (gallegos) y las otras nacionalidades, por la baratura de los alquileres. Esta migración masiva hizo que para 1887 quedaran en los barrios tradicionales nada más que 338, entre negros, mulatos, zambos y otras mezclas étnicas, que reconocían sangre de origen africano.

Entre la federalización de Buenos Aires y el fin del siglo

La revolución mitrista de 1874 fue la exteriorización política de la profunda crisis económica nacional, consecuencia de la existente a nivel internacional. No sirvió para resolver los problemas del momento, pero permitió el nacimiento de la búsqueda de soluciones. Por ello no fue una revolución inútil. El impulso que la Argentina había dado para transformarse paulatinamente en una nación moderna, se plasmó con claridad después de la conquista del desierto en 1879 y la federalización de Buenos Aires en 1880. El primero de estos problemas se solucionó en pocos meses, después de centenares de años de lucha; como toda obra humana tiene dos caras. La positiva fue entregar a la población, para que la trabajara e hiciera producir, 20.000 leguas cuadradas de territorio hasta entonces inculto, y la negativa fue la llegada de los indios vencidos a Buenos Aires, venidos en barcos, enfermos, hacinados, mal alimentados. Al desembarcar se separaron los hombres de las mujeres, sin tener en cuenta a las familias, ni a los hijos. Los hombres fueron llevados al Ejército o la Marina. A las mujeres se las hizo desfilar por la Alameda, para ser seleccionadas por las señoras de buena posición social y económica, para emplearlas como domésticas.[27]

Las indias que no fueron seleccionadas, fueron abandonadas a su suerte, debiendo atender el sustento diario en ocupaciones extrañas o insólitas. Muchas renunciaron al atractivo de la ciudad y se refugiaron en las casas de las chinas, en los conventillos, pulperías, en una palabra, se transformaron en prostitutas. Desde 1879 hasta casi 1900, hubo en Buenos Aires y algunos pueblos del interior, prostíbulos de indias. He encontrado registros de prostitutas en el interior de la provincia, con indias trabajando, en 1914. Por la edad que tenían para ese entonces, eran niñas hacia 1879. Esto significa que su madre se prostituyó y la hija, llegada a cierta edad, continuó en la misma profesión.

La vida en la ciudad siguió sin alteraciones hasta mediados de 1880. Fue entonces, cuando hizo eclosión la tensión entre los gobiernos provincial y nacional, debiendo recurrirse a las armas para someter a la parte que intentaba dominar a la Nación. En la guerra civil desatada, las tropas porteñas sumaron entre infantería y caballería unos 12.000 hombres. Acorraladas y derrotadas en los combates previos, se concentraron en la ciudad. Se hizo necesario darles cobijo por las fuertes lluvias de esos días y se recurrió a galpones, corralones, conventillos, escuelas y prostíbulos. Lo interesante es que las tropas pudieron estar sin tener necesidad de permanecer a la intemperie. Esto nos da una idea aproximada de la cantidad de prostíbulos que había ya para esa fecha. Los diputados llegados del interior, pasados los momentos de tensión, abocados al tema de la federalización, tenían para distraerse teatros, prostíbulos de lujo, como numerosos lugares donde se podía escuchar música y bailar a cualquier hora del día o de la noche. La extensión física de la ciudad en esos momentos eran el Arroyo Maldonado, el Río de la Plata, las calles Córdoba, Medrano, Castro Barros, Boedo y el Riachuelo. En los extramuros, o sea, más allá de los límites indicados, donde algunas calles eran cuidadas especialmente, se realizaban carreras cuadreras y en los boliches y pulperías, riñas de gallos, peleas de perros, jugadas de taba, etc. Estos últimos lugares eran cita y reunión de payadores, cantores y músicos. Los bailes de carnaval más importantes de ese año se realizaron en el Teatro Politeama (Corrientes y Paraná) y en el Skating Ring, Esmeralda 255, animados por conjuntos formados con violín, clarinete y guitarra. Cuando se cansaban se los reemplazaba con otros músicos, con los mismos instrumentos u otros. Así se seguía entonces bailando al son de la concertina, armónica y flauta. Los repertorios se componían con polcas, milongas, valses, mazurcas, cuadrillas y tangos.

El traslado de las familias del barrio sur al norte ocasionó la concentración de ellas en las calles Florida y San Martín. El cambio de casas significó el cambio de estilo arquitectónico. Se pasó del estilo español o italiano al francés. La planta baja fue complementada con planta alta; se iniciaron las construcciones con segundo piso. También se varió la distribución interna y las comodidades de las familias. Para esta época es que Buenos Aires empezó a adquirir la fama de ser la París de Sudamérica.

La realidad cotidiana

Los obreros, por el contrario, no se beneficiaron con esos cambios internos. Como consecuencia de la crisis internacional y nacional de 1874-1878, al restringirse los gastos de la administración nacional *(ahorrar sobre la sed y el hambre,* según lema de Avellaneda) y la baja de precios en la exportación, además de disminuir los cupos salidos al exterior, los salarios disminuyeron y perdieron poder adquisitivo. Por ello vivir en Buenos Aires para 1880, era 3 o 4 veces más caro que en España o Italia. Los conventillos habían aumentado en número, respecto de 1869. Ahora eran más de 1.600 y el alquiler de las piezas había pasado de 6 a 9 pesos, en razón esgrimida por los propietarios, de que tenían muchos solicitantes. Los diputados del interior manifestaron sus sorpresas en las cartas enviadas a sus provincias: encontraron mujeres que se ganaban la vida lavando desde los bajos de Palermo hasta el Paseo de Julio, a pocos metros de la Casa de Gobierno. Lo mismo manifestaron al comentar que en el Paseo de la Recova se daban cita atorrantes, marineros, prostitutas clandestinas y arruinadas por la edad y las enfermedades (tuberculosis y sífilis, en la mayoría de los casos), maniseros y vendedores ambulantes. Frecuentaban y permanecían durante horas en los tenduchos de muy pocas mercaderías, en los locales para jugar a los naipes o al monte con o sin tallador de la casa, en patios internos donde había riñas de gallos o canchas de bochas, burdeles de renombre como El Bataclán, Internacional, Aldeano, Moulin Rouge, Cielo de California, Café del Rin y casas de comidas y billares.[28]

Siguiendo la misma fuente informativa, los prostíbulos del pobrerío se ubicaban, los más llamativos, en la calle 25 de Mayo. Los más concurridos eran el Cosmopolita y el Parisina. Había también teatros de revistas en el Roma, muchos cafés, tiendas de turcos, locales de conchavos, solicitando y ofreciendo peones, sirvientas, etc. En esos momentos conseguir trabajo no era difícil, por los cambios de progreso material que el gobierno de Julio A. Roca impulsaba. Las actividades de albañilería necesitaban mano de obra más o menos especializada. Otras manifestaciones manufactureras estaban en situación similar. La gran demanda de mano de obra estaba polarizada por la agricultura y las obras públicas de infraestructura. En este rubro, como muestra de la dureza de esos tiempos y de los trabajos realizados por nuestros antepasados, es ejemplo el contrato que las autoridades celebraron con belgas, franceses, vascos, catalanes, italianos, alemanes, suizos y alemanes-suizos. Requería tener 20 años como mínimo y ser menor de 45, ser sobrios, robustos, sanos, de buena conducta y de ser posible con experiencia en la tarea nada fácil de mover tierra en trabajos para el tendido de vías ferroviarias. El transporte desde Europa como también el traslado a los lugares de trabajo estaban a cargo del Estado Argentino, lo mismo que el alojamiento. El salario era de 416 milésimos de franco oro por cada metro de tierra removido (0,83 de pesos oro en la cotización del 26 de octubre de 1881). La alimentación diaria era suministrada por el contratante, pero se les descontaban 20 centavos oro por día, en concepto de gastos y debían comprometerse a permanecer por lo menos un año en las tareas.[29]

Como se comprende, las condiciones de vida distaban de ser óptimas, sobre todo viviendo en carpas, en medio del campo, sin instalaciones sanitarias, agua corriente potable ni asistencia médica. La agricultura ofrecía trabajo, pero no oportunidad ni créditos para adquirir la tierra y poder arraigarse. Por todo ello, muchos dejaron los trabajos en el interior y se concentraron en la ciudad. Los testimonios gráficos de esa época nos muestran a extranjeros mal vestidos, apenas cubiertos con prendas que no coincidían con el tamaño de sus cuerpos. El calzado era muchas veces desastroso por el desgaste que había sufrido. La cabeza la cubrían con trapos remedando pañuelos, boinas, sombreros deformes y astrosos. En la masa de inmigrantes también había matrimonios con hijos o sin ellos.

De vuelta al conventillo y al prostíbulo

Todos esos hombres y mujeres inmigrantes necesitaban, ya se dijo antes, alojamiento y distracción. Se recurrió nuevamente al conventillo y la demanda de viviendas hizo que se tratara de aprovechar al máximo los terrenos disponibles. Así es que se multiplicaron las casas llamadas "chorizo". Estas construcciones estaban instaladas sobre una de las medianeras, dejando un largo pasillo lateral que servía de patio a los ocupantes de las piezas. Una variación fue la construcción sobre ambas medianeras. Se dejaba, entonces, un largo paso al centro. En todos los casos se instalaron bocas de agua y letrinas, cada tantas piezas, ahorrando centímetros en ellas para tener la mayor cantidad posible de piezas para alquilar. Los sanitarios eran de uso común.

La distracción masculina siguió concentrada en los prostíbulos libres, disimulados, encubiertos, es decir, ilegales. En ellos, además del comercio sexual había música, oportunidades de vincularse con mujeres y otros hombres, adquiriendo en la conversación noticias, rumores, datos sobre empleos. En esos años el prostíbulo reemplazó al club social de la clase adinerada.

Durante el transcurso de la década de 1880 se hizo famosa la pulpería de María Adela, ubicada en la avenida de La Plata y Corrales. Allí se bailaba a toda hora. Se ejecutaba música o se jugaba a la taba y para la misma década, el nombre popular de las mujeres prostitutas, fue el de "muchachas demasiado vivas", por el tipo de vida que hacían y el dinero que lograban reunir.

Para 1880 el tango ya está bastante difundido, pero no integrado como tal, y varios de ellos eran parte obligada en todos los repertorios, popularizados por los organillos callejeros y las cornetas de los mayorales de tranvías a caballo. Al mismo tiempo la milonga imperaba en el gusto popular. Su ritmo y cadencia eran propicios para ser cultivados por los payadores. Por tanto fueron otro canal de comunicación, para su difusión en esta etapa de gestación. Los payadores difundieron el conocimiento de las milongas en carpas de los circos, teatros, bares, cafés, pulperías, peringundines, academias, patios de conventillos, fondines, trinquetes, comités, ya de Buenos Aires como del interior. Para esta fecha ya se ha modificado substancialmente el candombe, baile de los negros por antonomasia. Es la fecha inicial del tango, aun cuando nadie lo comprendiera en esos momentos.

Para esta década se habían iniciado las diferenciaciones entre las vestimentas del hombre en buena situación social, dinero, respetabilidad, y el hombre que carecía de todo lo anterior y concurría a las reuniones populares. El primero vestía de galerita, ropa oscura de tres piezas (terno), camisa de plancha, preferentemente blanca o rosada, corbata de moño o nudo, zapatos charolados y puntiagudos con polainas blancas o grises. Fumaba cigarrillos armados o puros importados. El segundo se vestía con saco derecho de dos botones, casi siempre negro, pantalón liso de color, preferentemente claro, buscando el contraste. La camisa era sin cuello, también de colores claros. Al cuello llevaba pañuelo anudado, con o sin monograma bordado en seda (lengue). Se cubría la cabeza con un chambergo o sombrero de ala ancha. Fumaba cigarrillos armados a mano. No conozco ninguna referencia a la vestimenta de los hombres frecuentadores de lugares de esparcimiento barato, o sea, de la clase trabajadora, que vistiera con saco cruzado. Posiblemente, al llevarlo suelto, sin abotonar, no ayudaba a perfilar la figura que se quería presentar y si se lo llevaba abotonado, dificultaba la sacada del cuchillo o del revólver.

Para esta época, desde años atrás, las patotas de los "niños bien" eran las dueñas de la noche. Los serenos, las mujeres solas que regresaban de trabajar, sabían de sus atropellos y desmanes. Si no llegaban a encontrar a nadie, rompían los faroles del alumbrado público, los vidrios de las ventanas y los muebles de los locales a donde concurrían. Los policías también sabían de sus salvajadas, pues en más de una oportunidad debieron recurrir a la ayuda de varias patrullas para reducirlos en sus alborotos.[30] Se les iniciaban acciones por vagancia, por alterar el orden público o por causas más graves, cuando había heridos o muertos. En todos los casos las relaciones con políticos y jueces anulaban los sumarios iniciados y quedaban en libertad. Estos "niños bien", "cajetillas" o "clubman", fueron indirectamente vehículos difusores del tango inicial, al conocerlo de sus lugares populares de diversión y lo llevaron a sus casas, donde la autoridad paterna había prohibido oírlo, por ser de origen prostibulario.

Para 1884, el comisario Alsogaray, de la sección 7a., denunció la existencia de 100 prostíbulos con la presencia de 500 mujeres menores de 19 años que en ellos trabajaban, violando las disposiciones legales. Sumando las cantidades correspondientes al resto de las seccionales, el número de prostíbulos era realmente alto. Esta cantidad inusitada de casas públicas, como también se llamó a los prostíbulos, hizo que para el año siguiente se efectuara, repito, la importación organizada de mujeres desde Europa.

Haciendo competencia a los lenocinios, estaban los cafés, y los cafés con camareras. En unos y otros, traídas por las casas o por concurrencia voluntaria, había mujeres que ejercían la prostitución clandestina, sin ningún control médico. Lo mismo ocurría en los cafetines clandestinos que florecieron en esa época, como inversión de gran rentabilidad.

De sus escándalos dentro y fuera de los locales, el diario *La Prensa* publicó numerosas críticas y quejas. En una de ellas, por ejemplo, de 1887 se refería a la práctica de duelos a cuchillo, en las calles, frente a las puertas de los cafés, teniendo como espectadores ocasionales a sus propios clientes. Estos enfrentamientos eran entre profesionales, cuchilleros, compadritos, fiocas u hombres del pobrerío, que se peleaban en estos duelos criollos. Entre los cafés que se distinguieron en esos años, por el número de duelos, estaban el de Suárez y Brandsen, llamado "Café de los Negros". Allí se ofrecían música, baile y mujeres ligeras. En la misma intersección, a pocos metros del anterior, funcionaba "El Palomar", famoso por la peligrosidad de alguna de las mujeres que allí concurrían a bailar y buscar clientela. En Olavarría 287, estaba el "Café El Molino", donde antes de bailar había que pagar un pequeño precio por pieza. Allí, como bailarina y publicana destacada, actuaba la Parda Juana. En Martín García y Olavarría estaba el "Café del Pobre Diablo", regimentado por el manco Bizcocho. También se bailaba en el "Café del Griego", ubicado en Suárez y Necochea. Muy cerca estuvo funcionando un café, cuyo nombre se ha perdido, pero es recordado por la mujer que le daba brillo: "La Mechona". Así la llamaban los concurrentes por el pelo corto y enredado que usaba. En Suárez 275, estaba "La Marina", cita cotidiana para muchos, para beber bien por la calidad, a precios económicos, elegir mujeres bonitas y complacientes. El "Edén" también estaba en las inmediaciones y tenía las mismas características de los anteriores, aun cuando sus mujeres no eran tan jóvenes ni atractivas. Todos estos cafés eran para beber, elegir mujeres y dar lucimiento a los bailarines de esa época. Entre estos pueden mencionarse a Maceta, Pajarito, Tigre Rodríguez, Negro

Villarino, Pibe Ernesto, Ala Blanca, por el mechón de cabellos peinados sobre la sien izquierda, Cogote Pelado, por el cuello largo y delgado, Lungo Pepe, Chelo y Rápido Toto. También los frecuentaban los bailarines profesionales que buscaban lucirse. Todos estos elementos vivían entre dos aguas: entre el delito y el respeto a la ley, necesitando siempre del amparo y apoyo de los políticos, a quienes les devolvían los favores actuando de punteros en los períodos electorales.

Los políticos y los prostíbulos

La anterior referencia a Manuel Dorrego y sus simpatías entre el elemento trabajador y prostibulario, fue una constante en nuestra política desde 1852, hasta hace menos de medio siglo. En las elecciones de ese año los políticos porteños tenían que ganar a los urquicistas y para ello recurrieron a hacer votar a los muertos. Después debieron ganar los atrios, que eran los lugares donde estaban las urnas. Para ello se recurrió al elemento "pesado", o sea, cuchillero, que vivía de actividades no siempre limpias ni legales, centradas en el prostíbulo. Para ganarlos a su favor, hubo necesidad de concurrir a esos lugares y atraerlos.

En los períodos preelectorales, los políticos necesitaron reunir y mantener un caudal de votos. Para ello concurrían a los prostíbulos, que eran los lugares de mayor concurrencia masculina, en parte para conocer la opinión de los concurrentes y en parte para afianzar su popularidad. Leandro Alem, Hipólito Yrigoyen, Carlos Pellegrini, Dardo Rocha, José Hemández y muchos más fueron visitantes asiduos de esos lugares. Estas visitas tenían el mismo valor e importancia que las que realizaban al Club Progreso u otros centros sociales. Ambas eran actitudes políticas importantes para obtener votos en los dos extremos sociales. En los prostíbulos obtenían la adhesión y apoyo de los elementos de acción y del pobrerío; en los clubes sociales, de los sectores masculinos más importantes de la banca, el comercio y las vinculaciones sociales. Para entonces, las elecciones debían ser "canónicas", con un solo y amplio ganador, borrando casi por completo a los opositores en el momento de los recuentos de votos, para que no quedaran dudas de quién había resultado triunfador. Para ello necesitaban de los elementos prostibularios, que eran en la mayoría de los casos conocidos, hombres de acción, dispuestos a jugarse con el cuchillo por el caudillo de sus simpatías. Este personaje ha quedado muy bien perfilado en algunas obras de teatro o sainetes.

Las crónicas periodísticas sobre los episodios entre *crudos* y *cocidos*, son reveladoras de la presencia de políticos en prostíbulos buscando votos y elementos de acción. Armesto dejó para 1874 una figura de compadrito bastante elocuente: *La barra* –de la Legislatura– *que pudo haber sido ocupada por elementos más elegidos, contaba con numerosos ejemplares, del hoy casi extinguido tipo llamado compadrito, cuya característica indumentaria lo distingue. De chambergo, saco de paño negro, pantalón hasta la altura del botín elástico y de taco alto, era complementada por el clavel rojo tras de la oreja. No faltando el matón de barrio, personaje de melena espesa y relumbrosa, que apestaba a sus vecinos con el tufo a bebida y el olor acre de tabaco negro.*[31]

Este era el elemento humano que los políticos frecuentaban, para conseguir votos y guardias armados. Su comportamiento en esos ambientes coincidió con los lugares frecuentados. Tradiciones orales, imposibles de probar documentalmente, dichas por el doctor Gabriel Del Mazo al autor, aseguran que Adolfo Alsina y Leandro Alem debieron sostener más de un encuentro a cuchillo, para mantener su hombría y reafirmar el predicamento político caudillesco que los distinguió. No todos los políticos tuvieron esa modalidad. Otros se manejaron utilizando las influencias sobre los comisarios para obtener su cooperación en los comicios. Un ejemplo de técnica política diametralmente opuesta la da Adolfo Saldías al referirse a Eduardo Costa, gobernador de Buenos Aires y hombre influyente en la política nacional.[32] Sobre esta figura se rumoreó en su momento acerca de sus aptitudes no muy machistas, al atribuirle "voz de tiple".[33]

Sin entrar más profundamente en esos detalles, lo importante de la época era ganar elecciones, borrando de los atrios a los opositores. Esto se lograba con los hombres de ación, la policía y hasta el Ejército. Estas vinculaciones de los políticos con los compadritos, malevos, proxenetas, fueron válidas y consideradas como legítimas, tanto por unos como por los otros. Ambos se necesitaban y complementaban como las caras de una misma moneda: el político necesitaba a los hombres de acción para ganar las elecciones. Estos, por su parte, a cambio de su trabajo, necesitaban la protección del político para hacer a un lado los sumarios, cuando incurrían en delitos, aceptando sus actividades prostibularias como cualquier otra actividad de trabajo legítima.

Nuevamente las dos caras del "progreso"

En 1886, fin de la primera presidencia de Roca, se produjeron tres hechos que repercutieron en la historia de la ciudad. Se introdujo la bicicleta, abriendo una nueva oportunidad para el lucimiento de los "niños bien", al pasear libremente por las calles, dando *la nota social.* Se produjo el debut de Sara Bernhardt en la representación de Fedra, para solaz de la gente adinerada y culta. Finalmente se llevó a cabo el estreno de *Juan Moreira* en el circo de los hermanos Podestá, en una representación efectuada en Chivilcoy, provincia de Buenos Aires. Esta pieza teatral tuvo enorme repercusión entre el público no culto, pero sensible, que la hizo su pieza favorita en las representaciones de circo y en los teatros saineteros. La Argentina en esos años era un hervidero de trabajos, de realizaciones materiales, de inversiones extranjeras y de obras públicas para la infraestructura faltante. El contraste con tanto brillo lo ha de representar, al año siguiente, el Censo Municipal de Buenos Aires.

Había 1.770 conventillos, albergando a 51.915 personas, que representaban la quinta parte de la población urbana censada.[34] En San Telmo había 122 casas de inquilinato, habitadas mayoritariamente por elementos considerados *orilleros,* mezcla de malevaje desalojado del centro de la ciudad y de la gente de la campaña que se había radicado en el radio urbano. También estaban en ellos los desaquerenciados que buscaban oportunidades de mejorar, pero aún viviendo al margen de la ley. Según la misma fuente, quedaban en Buenos Aires 338 negros y mulatos.

En los inquilinatos de los barrios, predominaban los inmigrantes, solteros, casados, con o sin hijos, con un alto porcentaje de analfabetos. Inquilinatos famosos para la fecha censal fueron el de María La Lunga (Boedo e Independencia); el de Castro Barros 433, llamado La Cueva Negra, por la sordidez del ambiente; el de Venezuela y Liniers, denominado La Travesía, por lo aventurado que era atravesar sus patios, y el de Venezuela 3376. Eran también muy conocidos por la cantidad de población que en ellos vivía los ubicados en H. Yrigoyen 3640 y 4350; Rawson 551 y algunos otros. Por cuestiones del pago de tasas municipales, los conventillos se llamaron de diversas maneras, como he señalado antes, intentando eludirlas o por lo menos abonar la más económica. En los censos, memorias e informes municipales aparecen llamándose corralón, inquilinato, burdel, casas de recreo, casas de familia, casas amuebladas, casas de pensión, etcétera.

La inmigración masiva dio lugar a inversiones rentables en este tipo de construcción. Se continuó con la modalidad de invertir en casa de poco precio, que fue la característica subsistente desde la época hispana. De los conventillos chorizo, se pasó a un mejor aprovechamiento de los terrenos y de los espacios. En los patios se ubicaron las canillas para el agua y las letrinas, o sea los sanitarios, aprovechando el tendido de los caños abastecedores, sin grandes gastos en conexiones laterales. El mismo sistema predominó en cuanto a los desagües.

La vida en estos lugares carecía de privacidad. El hacinamiento era la regla general y en la misma pieza dormían, trabajaban y comían, padres, adolescentes y lactantes. Las piezas, al carecer de cocinas, obligaban a preparar las comidas en los patios utilizando braseros de carbón, con el consiguiente peligro de muerte por asfixia o incendio, especialmente en invierno, al utilizar calentadores de queroseno. La higiene personal se realizaba en fuentones, o baldes, con la persona parada y separada del resto de la familia con frazadas o colchas extendidas reemplazando cortinas o biombos. La iluminación era con velas o con mecheros de gas y la ropa se lavaba en piletones, de uso compartido con los demás habitantes, o palanganas. Se lavaba también en las toscas del río y se tendía la ropa al sol, para que se blanqueara. Las mujeres que no tenían trabajo fuera del conventillo, además de atender a los hijos, llevándolos y trayéndolos de la escuela, realizaban la higiene de la pieza y debían preparar la comida. Para aumentar las escasas retribuciones salariales de los hombres que trabajaban, ocupaban sus ratos libres como lavanderas, costureras, bordadoras, tejedoras con agujas o bolillos y de tejer, utilizaban las máquinas de coser para confeccionar la ropa de los chicos. Otra ocupación que realizaban las mujeres sin dejar el conventillo era el armado de cigarros y cigarrillos, realizando estas tareas *a la fazón*, o sea, a tanto por pieza o cardaban lanas o fibras, que luego eran manufacturadas en las centrales concentradoras.

Trabajos como el de cigarrera o cardadora de lana no eran muy buscados, por el polvo que se desprendía y era respirado por la obrera, que podía adquirir enfermedades como la tisis, no contempladas en la legislación de la época. Los peores conventillos eran los de la Boca, por la mala calidad de los elementos de construcción, las escasas comodidades, falta de higiene y el peligro constante de las inundaciones ribereñas.

Ejemplos de promiscuidad son los siguientes datos censales: En el conventillo de Salta 87, había cuatro piezas ocupadas pos 48 personas mayores. En la Boca se probó la existencia de habitaciones ocupadas por 12 personas, cuando tenían capacidad para cuatro. En esos y otros casos constatados por los censistas, las personas se turnaban para dormir, ocupando las mismas camas. Para poder hacerlo se juntaban los hombres que trabajaban los mismos horarios de noche, alternándose con los que trabajaban de día. Otro ejemplo es la existencia en el barrio de San Cristóbal de conventillos donde vivían 3.056 extranjeros y 8.421 argentinos, en total 11.477 personas repartidas, en realidad amontonadas, en 2.133 piezas. Esto da un promedio de 5,88 personas por habitación. Lo anterior permite tener una idea de la cantidad de personas que necesitaban usar las letrinas y las canillas para la higiene personal. También estas cifras permiten comprobar que la presión de los inmigrantes sobre la población nativa fue muy grande. En líneas generales, en la ciudad, había un promedio de 1 extranjero cada 1,9 argentinos. El problema del hacinamiento fue muy grave. Las autoridades dispusieron prohibir la instalación de camas marineras (encimadas) y la obligación de resguardar espacios de 3 m^3 de aire por persona, para tener un mínimo de seguridad.[35]

Estas construcciones colectivas daban más ganancias en alquiler que las dedicadas a familias individuales, pues en la misma superficie de terreno se multiplicaba por 8 o 10 veces la suma de alquileres percibidos, al mismo tiempo que los costos de los materiales eran muy inferiores por la mala y baja calidad empleada.

También fueron famosos los conventillos de Corrientes y Talcahuano y el de Corrientes y Uruguay. Cada uno tenía habitaciones de cinco metros de lado, totalizando entre ambos 65 habitaciones. El alquiler promedio era de $5 oro por mes, totalizando una recaudación de $325 oro al mes. En un diario capitalino se conceptuaba para ese entonces que a la clase obrera, con tal de vivir barato no le importaba vivir *mal y hacinada*.[36] A estas comodidades elementales se contraponían las de las clases acomodadas, que además de los dormitorios individuales, salas de recibo, cocina, antecocina, comedor diario y de recibo, también tenían dependencias para alojar al personal de servicio. Pero estas casas solo devengaban menos de 250 pesos oro al mes, y eran mucho más caras por la calidad de los materiales que se debían emplear al construirlas.

A pesar de las grandes separaciones sociales, no hubo un registro policial ni periodístico de graves delitos, ni alteraciones del orden importantes. Menudearon las raterías, los robos de menor cuantía y la picaresca porteña se nutrió del clima de febril actividad, especulación inmobiliaria y trapisondas bancarias tramadas por los delincuentes de guante blanco. Otra expresión al contraste social lo dieron lugares de concurrencia masiva, ya que en ellos se exhibía el pobrerío en su pobreza sencilla e imposible de disimular.[37] Parafraseando a un escritor de época, es posible decir que el pobrerío, para ser visto, debía concurrir a los patios de los conventillos o a los prostíbulos más reputados. En el otro extremo social " ... todo el que tenía algo que decir o exhibir iba a pasear a Florida...".[38]

Mientras los descendientes de negros y mulatos, seguían

viviendo en los barrios pobres, Bioy recuerda que en su familia todavía había negras utilizadas entre el personal doméstico.[39]

Otro signo de los cambios que se operaban en la ciudad y la sociedad fue la iniciación de la Avenida de Mayo, en 1889. La gente de buena posición económica y social concurría a teatros como el Odeón, Empire, Royal, Opera, Nacional, reservados para ella, casi con exclusividad, para continuar cultivando el repertorio europeo, preferentemente español o francés, considerado *serio y culto.* En el otro extremo social estaban el Coliseum y Alcázar, famosos por los escándalos y procacidad, ya que en ellos se brindaban espectáculos de can-can, y en los llamados teatros menores, se daban representaciones de circos y espectáculos de music-hall. En unos y otros lugares, el teatro popular se fue introduciendo de manera paulatina y firme, llevando consigo al tango, como parte cada vez más importante del espectáculo. Aparecieron cancionistas como Azucena Maizani y Raquel Meyer que deleitaron al público con sus repertorios en los que ya se estaban incluyendo los tangos. Los públicos que los frecuentaron fueron mezclándose, pero siempre predominaron quienes iban a ellos para escuchar música popular, codeándose con figuras distintivas del momento, siendo algunos jockeys, boxeadores y pelotaris u otros con ocupaciones no bien definidas, pero que tenían abundante dinero y lo demostraban.

De esos ambientes del pobrerío han de surgir los compositores musicales o letristas que reflejaron en sus composiciones el medio social en que se criaron y vivían. De allí nació la profunda filosofía que impera en muchos tangos o el llamado a mejores días, para escapar, aunque sea literariamente, de la miseria del diario vivir.

La prostitución legal e ilegal

En el censo de 1887 se detectaron 1.039 prostitutas legales, o sea que pagaban los impuestos municipales, se sometían al control médico y la policía controlaba sus actividades. Las nacionalidades declaradas fueron: argentinas 245; austríacas 145; alemanas 141; rusas 101; francesas 99; españolas 108; uruguayas 59; suizas 39; paraguayas 30; inglesas 27 y de otras nacionalidades 48.[40] Las prostitutas ilegales no figuran en el mismo, pero se indica en los considerandos de la ordenanza relativa a la inspección médica de 1888, que aun cuando las cifras no sean muy confiables, la ordenanza era muy necesaria por las cantidades de prostitutas clandestinas que ejercen libremente su profesión. Los informes de policía y las crónicas de los diarios indican casi a diario la existencia de casas clandestinas cerca de escuelas, templos, dependencias del gobierno, todos sitios prohibidos, con la cobertura de negocios que vendían útiles escolares, ropa para hombres y alimentos. Otra forma de eludir las leyes sobre prostitución, fue practicarla en cafés, atendidos por señoritas, o una sola, sin pupilas en el lugar. Ante el reclamo de los hombres, se conseguían las mujeres necesarias, recurriendo a mensajeros, a veces niños o adolescentes, que aguardaban muy cerca, dispuestos a ganar dinero fácil y rápido, o a alcahuetas profesionales que se ubicaban en las mesas como concurrentes al café. Entre estos cafés pueden recordarse el de La Pichona, en la calle Pavón, entre Rincón y Pasco.

En 1894 se reconoció oficialmente que la prostitución clandestina era mucho mayor que la legalizada. Se aseguraba que en la Boca unas 300 o 400 mujeres se repartían entre 80 o 100 casas clandestinas, llamadas cafés, despachos de bebidas, para tratar de ocultar las actividades ilegales. Se reconoció que la prostitución ilegal se ejercía en las casas amuebladas, hoteles, posadas, casas particulares, teatros, paseos, plazas, mercados, en la calle misma y hasta en los llamados "más lindos barrios". A tanto se llegó en éstos, que las señoras no transitaban por determinadas calles después del anochecer, para evitar confusiones vergonzantes con troteras. De esta manera las calles quedaban libres para las profesionales. En los barrios aún no bien urbanizados, había lugares que permitían la prostitución y la fomentaban. Se puede mencionar la pulpería llamada "La Tapera", ubicada en Gurruchaga y Serrano; el café "La Puñalada" en Corrientes y Lambaré; la pulpería "La Tachela", en Corrientes y Scalabrini Ortiz. También entraba en esa categoría la casa llamada "La María", ubicada en Alberti y Guardia Nacional. En la zona del actual Belgrano funcionó, entre otras, la pulpería "La Blanqueada" en Cabildo y Pampa; fue famosa por varias razones, no siempre recomendables. En pleno centro, para contrabalancear las distancias, estaban en Corrientes y Esmeralda el teatro Odeón y arriba funcionaba el Royal Hotel, usado como lugar de citas por los habitués del teatro y la zona circunvecina. El 1897 el Odeón atrajo mucha clientela por exhibir películas francesas pornos, de corto metraje. En Mataderos estaba la casa de billares, riña de gallos yquiniela clandestina, que amparaba a las prostitutas solitarias o con cuenta pendiente en alguna seccional policial. Estaba ubicada en Alberdi y Escalada.

Entre 1880 y fines del siglo pasado habían aumentado los prostíbulos y los conventillos. La frecuencia de llegada de inmigrantes, como también las cantidades arribadas, superaban la velocidad de construcción, existiendo una demanda permanente. El número de personas que se alojaban en ellos había aumentado en 2,57%, mientras los conventillos lo hicieron en el 1,86%.

Hasta ahora no se ha tocado el tema del tango. Se han indicado condiciones materiales y contenidos sociales del medio ambiente en que nació y se desarrolló, para poder comprender, el porqué y el cómo de muchas de las variantes generatrices de esta música popular. No son en vano las menciones reiteradas de los prostíbulos, las prostitutas, los conventillos y los inmigrantes, pues ellos han de formar el elemento primero en el medio social, que gestó la música popular. Sin comprenderlo es muy difícil entender el porqué de su aceptación o rechazo. Sin este marco material de condiciones sociales, es casi imposible poder explicar y comprender el proceso formador del tango, saliendo de los barrios más pobres y creado por los hombres y mujeres más desposeídos de educación y cultura. Este es otro mérito no siempre bien comprendido que le corresponde al tango.

La expansión de la nueva música popular

Aun cuando el verdadero origen de la nueva música popular no fuera el prostíbulo, se refugió y arraigó en él. Se crió y hasta se empezó a definir como tal, dentro del ambiente prostibulario. El conventillo y el prostíbulo fueron para el tango como los orfanatos para los niños de padres desconocidos. No sólo le dio ambiente para que se desarrollara, sino que sirvió para popularizarlo, dándole un halo de pecaminosidad, de pecado, de procacidad, de lascivia, que en realidad, el origen musical del tango no tuvo nunca. Este halo de prostíbulo que se le atribuye no estaba en el tango, que es música, básicamente música.

Hay que diferenciar con claridad: el tango nació como música, no como un tratado de catequesis ni de moral. Esas adjetivaciones condenatorias estaban en la moral de quienes las atribuyeron. Los miles de hombres que concurrieron a prostíbulos porteños, le dieron a la nueva música, aún sin nombre verdadero, una popularidad que no tenía ninguna otra. Por ello, en algunos barrios los organillos sirvieron a los muchachones para que practicaran entre ellos los pasos necesarios de su coreografía. Estos preparativos fueron el apronte para cuando tuvieran que bailar en serio en los prostíbulos, las romerías, los carnavales o alguna reunión bailable, para no "quedar pagando por pata dura".

En ese fin de siglo la sociedad porteña conoció lugares muy especiales donde se escuchaba la música popular todas las noches. Fueron, para nombrar unos pocos, el Velódromo, el Tambito, el Pabellón de las Rosas y el Hansen, todos ubicados en Palermo.

No interesa para la índole de este trabajo si se bailaba o no, en el Hansen, lo interesante es que concurrían a esos lugares citados y a otros más, hombres y mujeres a escuchar música. Estas mujeres eran prostitutas de alto precio y los hombres pertenecían a las clases altas, acomodadas y de las mejores situaciones sociales. Disponían de dinero y lo usaban en satisfacciones personales con mujeres y placeres. El entorno eran los jockeys de Palermo, algún "loco lindo", que sin llegar a ser el Negro Raúl, servía para las chanzas y la diversión.

Los historiadores de tango mencionan que para fines del siglo pasado, había famosos compositores de tangos que eran, al mismo tiempo, intérpretes de sus propias y ajenas composiciones. Lamentablemente no hay un solo tango citado como tal, anterior a 1900. Significa que no hay prueba documental que demuestre la paternidad de algunos de esos nombres que se indican. No puede haberlo porque los músicos cultores de la nueva música popular, lo eran por intuición, no por formación ni cultura musical. Lo que sí se prueba con esas menciones, es la presencia histórica y física, de las personalidades referidas y la existencia de una música en proceso de gestación.

Julián Giménez (1891), *Justicia Criolla* (1897), *Ensalada Criolla* (1898), *Los disfrazados* (1906), etc., eran obras teatrales en las que se presentaban piezas bailables llamadas tangos.[41] En rigor de verdad eran tangos negros, tangos americanos, pero todavía no llegaban a ser tangos, tal como los conocemos en la actualidad, aunque ya tenían la estructura inicial de los tangos. Es el momento en que se iniciaron las diferencias con los otros bailes coexistentes. Entonces fueron llamados tangos criollos dado el ambiente y origen de las personas que les dieron vida. Además, todavía se bailaban sueltos, pues la pareja aún no se enlazaba ni se abrazaba, característica distintiva y definidora de los bailes de los negros, como se ha indicado antes.

SEGUNDA PARTE

Hablemos de tango

Como son varias las opiniones sobre el origen correcto de la palabra tango, he intentado reunir la mayoría de ellas. También las que corresponden a tambo. De ésta he encontrado las siguientes acepciones:

- Corral donde se ordeñan las vacas.
- Lugar donde se vende leche.
- Lugar donde bailaban los negros.
- En las misiones jesuíticas, lugar para pernoctar y descansar los viajeros y las visitas.
- Voz de origen quichua que significa campamento.

Por su parte la palabra tango tiene las siguientes variantes significativas:

- Palabra de origen africano que significa lugar cerrado, círculo, coto.
- Lugar de concentración de los negros antes de embarcarlos para ser llevados y vendidos como esclavos.
- Nombre que daban los portugueses a los africanos que les servían de intermediarios para conseguir negros.
- Lugar donde se ofrecían los negros en pública subasta.
- Nombre que se daba a las sociedades de negros hasta 1813

y de libertos, mulatos y mestizos con posterioridad a esa fecha.

- Instrumento de percusión (tambor) y por extensión nombre que se daba al baile practicado al ritmo de su sonido.
- Corrupción de Shangó, dios del trueno y de las tormentas en la mitología yoruba, en Nigeria.
- Baile de gitanos.
- Baile de negros.
- Reunión de negros para bailar al son de tambores.
- Lugar donde bailan los negros.
- Derivado de tanger, ejecución de un instrumento musical.
- Danza de la Isla de Hierro.
- Lugar de baile.
- Baile andaluz de origen africano.
- Baile de origen afrocubano.
- Baile de gente del pueblo.
- Baile de ínfima categoría social.
- Bailar.
- Cierta danza de Normandía (Francia).[42]

Sin pretender hacer una nueva definición de la palabra tango, es posible aproximar algunas conclusiones. En primer término da la idea de un lugar cerrado, pero no hermético. Segundo, lugar de baile o baile en sí y tercero, la presencia constante del negro con sus instrumentos sonoros o sus bailes.

Ya se sabe que quien hizo las definiciones anteriores fue el hombre blanco, que interpretó los fenómenos sociales de acuerdo con su cultura, su religión y hasta sus prejuicios culturales, del mundo que tenía al frente, tanto en Africa como en cualquier otra parte del mundo. A esto hay que agregar la falta de conocimientos que tenía sobre los pueblos con quienes debió relacionarse, para comprender las manifestaciones no siempre correctas ni acertadas para entenderlo. Por ello, en el enfrentamiento cultural, estuvo presente una vez más, el tema filosófico del *yo y los otros*, en su mundo mental estructurado, ordenado, reglamentado. Todo lo que no coincidió con los valores, que como hombre miembro de una civilización más desarrollada materialmente tenía, fue *el otro*.

Por ello en las historias conocidas de negros, indios o gauchos, escritas por blancos, que desconocían antecedentes y raíces, son juzgados e interpretados con ideas preconcebidas. La necesidad de salvar y mantener, frente a nuevas realidades, su propio mundo de ideas, de valores, hizo que las interpretaciones del mundo del otro estuvieran deformadas por conceptos, que respondían a valores del blanco, no de esos pueblos. Aparecen en esas historias las distorsiones de la realidad, las malas explicaciones, los calificativos que no coincidían con la realidad de los hechos.

Lo anterior no debe ser interpretado como un demérito de los blancos, sólo un intento de determinar algunos de los hechos que sirven para comprender la variación infinita de descripciones existentes sobre ciertos sucesos concretos.

De la misma manera, en el proceso de la historia del tango, se han de encontrar versiones disímiles y hasta opuestas de los mismos fenómenos sociales que se tratan, pues los analistas tienen culturas, conceptos y preconceptos diferentes.

El origen de la música

De la contradanza española derivaron el tango andaluz, la habanera cubana y el tango flamenco. Cuando esas músicas llegaron a Buenos Aires al iniciarse la segunda mitad del siglo pasado, fueron llevadas a lugares populares de diversión, donde se escuchaban y bailaban músicas diferentes. Todas influyeron y fueron influidas. Se produjo una vez más el fenómeno de transculturación. El resultado de todo ello fue el nacimiento de la milonga; fue aceptada por los payadores, que tenían sus raíces en las músicas practicadas en el interior. Así nació con ellos y por ellos, el contrapunto milongueado.

En la mayoría de los trabajos sobre la historia del tango se ha prestado mucha atención al núcleo formado por el candombe y se ha dejado a un lado, lamentablemente, la música folklórica. Con esta afirmación no pretendo negar ni disminuir la influencia de la música afro y de la cultura correspondiente, en la formación del tango, tanto en su coreografía como es su música. Sólo intento reubicar las cosas de acuerdo con mi leal saber y entender.

Desde el punto de vista histórico, al fundarse Buenos Aires, los repartimientos de indios quedaron en la nada, pues la población indígena se negó a someterse y plegarse a la nueva civilización y a sus ordenamientos sociales. En cambio, en el interior, especialmente en Santiago del Estero, Tucumán y Salta, con abundante población arraigada, con prácticas de agricultura, fue posible hacer funcionar las encomiendas. En este sistema de dominio, las poblaciones indias fueron incorporadas a la sociedad que el blanco intentaba establecer. La cohabitación entre blancos e indias, dio lugar al nacimiento de los mestizos criollos. Estos jóvenes heredaron de sus padres, entre otras cosas, la guitarra y la música españolas y europea. De sus madres recibieron algunos instrumentos musicales como la quena y las músicas propias de la civilización india. De la suma de ambas herencias y de su simbiosis nació la música que hoy llamamos folklore.

Muchos de los jóvenes criollos decidieron alejarse de los centros poblados y de los lugares de trabajo para refugiarse en la tranquilidad de las llanuras, los valles o las sierras, buscando en ellos un mundo diferente. Allí trataron de vivir libres, dándole a esta libertad una interpretación y un contenido sociológico diferente del que tenía el blanco y no muy afín al que tenía el indio. Lentamente se estaba perfilando otra interpretación y otra manera de vivir la libertad. No mejor ni peor, sino distinta, diferente. No debe obviarse que entre la segunda fundación de Buenos Aires –1580– y la Semana de Mayo –1810– transcurrieron 230 años, representando 8 generaciones o 16, según la idea orteguiana. De todas maneras, 8 o 16 son muchos años y generaciones, para soslayar la influencia folklórica en la sociedad de los blancos radicados en el centro urbano como Buenos Aires. La cuenta anterior se amplía si consideramos que sólo para 1880 podemos hablar de música que se empieza a llamar tango, aun cuando todavía no lo sea de manera total. Por ello la cantidad de generaciones se amplía a 10 y a 20, de acuerdo con el parámetro utilizado.

Siguen siendo muchas generaciones para dejarlas sin tener

en cuenta. Además no se ha prestado debida atención en los registros documentales utilizados para la realización de las historias de tango aludidas, a los testimonios sobre las actividades del negro dentro de la sociedad de los blancos.

Los negros eran parte de la realidad del transcurrir diario de los blancos de la ciudad, pero considerado como marginal y por ello estimado como auxiliar, sin intención por parte de las autoridades ni de los encargados de controlarla de penetrar para comprender su mundo

En cambio, el mestizo, el indio, o el gaucho estaban mayoritariarnente fuera de esa sociedad urbana y por ello imposible de anotar en sus actividades cotidianas. Por ello la vida de estos sectores sociales resultó casi totalmente irregistrable, ya que no hay documentación sin distorsiones, para citar ni usar en ningún tipo de argumentación. Lo poco que se puede leer es en tono crítico, con adjetivaciones despectivas y descalificadoras moralmente, como se ha indicado antes, desde Hernandarias en adelante, o en los primeros cronistas, si se quiere llegar un poco más atrás en el tiempo.

Transculturación múltiple y recíproca

Los pocos criollos y mestizos o indios que vivieron en el centro urbano, lo hicieron sometidos a las leyes, la cultura y las modalidades sociológicas del blanco. Conformaban un todo que era español y europeo, con muy pequeños ingredientes americanos. Las irritantes críticas de Concolorcorvo, que datan de 1773, contienen tres aspectos rescatables. Aceptemos que los gauchos eran malos o pésimos guitarristas y cantores con voces destempladas, como los califica. Lo recuperable de ellos y del medio sociológico es: 1) eran músicos y cantores intuitivos; 2) eran músicos y cantores creativos y 3) no tenían patrones estrictos ni rígidos. Al hacerlo instintivamente, estaban creando las bases iniciales del canto por cifra y de la payada, pasando por el contrapunto. El resultado de ello fue que tenían la oportunidad de crear y recrear música y letra, sin ajustarse a métrica ni sistema.

Rompieron con la herencia musical india y europea, y con los pedazos que quedaron, unidos por la creación anónima, refrescante y repentista, dieron la novedad musical. Iniciaron el camino nuevo de la música criolla, por ejemplo, de la música de la provincia de Buenos Aires, que llamamos surera.

Esa creación anónima, libre, rompedora de patrones, estaba en condiciones de crear y recrear, como se ha dicho antes, y fue la influencia musical que trajo el gaucho de la pampa a la ciudad, influyendo inicialmente, en las raíces larvadas, en la música del tango. Esos contactos e influencias no han quedado registrados en ningún pentagrama, es decir, no han dejado huellas comprobables. Más adelante, al producirse el aquerenciamiento del gaucho a la ciudad, lo mismo que los indios amigos, acercados para pispear cómo vivían los blancos en la toldería grande, que era la ciudad, o para comerciar, se produjo de manera lenta pero progresiva, la asimilación y la transculturación entre los cuatro elementos básicos: blancos, criollos, gauchos e indios, inmersos en el ámbito musical dominado por el negro, tanto en la música cuanto en el baile. El fenómeno tiene dos direcciones, hacia el que llegaba, para que asimilara las costumbres y la cultura del blanco español o españolizado, y para el que estaba al ponerlo en contacto con cosas nuevas, como la música incorporada.

Presencia de la música del negro

Los negros esclavos vivían de manera estable en la sociedad blanca y dentro de los límites que la misma les permitió, fueron reestructurando su entidad cultural por medio de lengua y música. Los aspectos religiosos originales se transculturizaron tanto, que las raíces primigenias desaparecieron casi por completo. Dentro del radio urbano la legislación vigente los mantenía aparte, pues eran esclavos, sin derechos, segregados como entidad cultural. Eran los entonados sociales, con una constante y permanente relegación social, a pesar de la cual pudo salvar algunos valores.

El recinto de la ciudad fue demasiado pequeño para mantener divisiones insalvables y sin violaciones esporádicas. Esas violaciones fueron las relaciones sexuales entre blancos y negras con sucesivas mezclas que provocaron una amplia gama de colores de piel. Sin embargo, en los libros parroquiales, son escasas las anotaciones de niños de padres blancos con negras y reconocidos como legítimos. En cambio, los nacidos de blancos e indias abundaban.[43]

A pesar de la discriminación racial el negro influyó sobre el blanco con su música y sus bailes. Los lugares donde se realizaban eran frecuentados por criollos y blancos. Buscaban desahogo sexual, llevados en parte por el mito de la fogosidad femenina, en parte por la facilidad de someter a una esclava, pero poco a poco se fueron acostumbrando a la música y a los bailes. A su vez, esos blancos y criollos aportaron la guitarra, la música que en ella interpretaban, como los cantos acompañados, con sus rasgados, más o menos destemplados.

En la época española, inicialmente los negros se reunían en cofradías controladas por las autoridades eclesiásticas y civiles. Posteriormente obtuvieron permisos para reunirse de acuerdo con sus particularidades étnicas o lingüísticas, llamadas naciones. Estas nuevas agrupaciones estuvieron controladas acorde con la ordenanza respectiva de 1821.[44] Por ello los testimonios documentales de esa fecha en adelante, son de corte policial. Los oficiales encargados de verificar las actividades de los negros, al no entender las divisiones internas, las juzgaron como transgresiones y delitos.

La organización en naciones alcanzó su esplendor en 1850. Desde entonces el proceso de desgaste las fue diluyendo hasta casi desaparecer para 1880 o unos pocos años posteriores. Este proceso corrió paralelo a la disminución física de sus integrantes, al producirse la muerte biológica de hombres y mujeres y no haber la renovación con nuevas incorporaciones. Sin embargo, el espíritu de corporación dio lugar a las Asociaciones de Ayuda Mutua. La primera y más importante fue la llamada "La Fraternal". Su iniciación data de 1850 y debió competir con "La Protectora" y otras similares.

Respecto de las reuniones bailables de los negros, la primera noticia documentada es de 1776. Eso indica que se realizaban desde antes y que sólo aparecieron noticias para la fecha indicada por las quejas que se presentaron en su contra. Quejas y protestas se sucedieron hasta 1790, para reanudarse en 1795. Los argumentos esgrimidos fueron el ruido que hacían cuando bailaban –producido por el tambor– el número excesivo de concurrentes, el peligro de una posible rebelión contra las autoridades blancas, tanto civiles cuanto eclesiásticas, el dinero recaudado, el exceso de alcohol y la posible coronación de un rey negro. Esto último no podía ser admitido ni aceptado por las autoridades españolas. La suma de todas estas oposiciones hicieron que se prohibieran reuniones de negros por algunos años. Al llegar el tiempo de reanudación se reinició la práctica musical y bailable de los candombes.[45] La crítica y los opositores consideraron que esa música y la práctica consiguiente de esos bailes, eran malos por lujuriosos, y por ello muy peligrosos para la moral y porque los negros no pensaban más que en ir a bailar, desatendiendo las obligaciones que tenían con sus dueños.

La época dorada de reuniones, como se ha indicado antes, fue la época de Rosas, aun cuando tuvieran un trasfondo político.[46] De esta época son las primeras comparsas para los bailes de carnaval –1839– pero fueron suprimidas al prohibirse el carnaval entre 1844 y 1852. Respecto de la violencia de los juegos de carnaval, el *British Packet,* de 1834, ha dejado las páginas más elocuentes. La declinación se marcó en 1869, cuando empezaron a aparecer las comparsas de blancos, como se ha dicho antes. Para 1930 ya no se registraban auténticas comparsas de negros en los carnavales porteños.[47]

Con el paso del tiempo y la influencia de la cultura del blanco, las danzas negras fueron perdiendo su pureza original. El baile más popular entre la comunidad afro fue el candombe. Este, a su vez, se fue formando con partes coreográficas de otros bailes, o sea, ha existido una transculturación interna. Mantuvo, sin embargo, el significado de ser paso de baile, y con el tiempo, acontecimiento social.[48] El candombe incorporó la ombligada de la calenda; el bamboleo de la bamboula y otros pasos de la chica.[49]

Al vivir en una sociedad de blancos, los negros fueron

insensiblemente aceptando la mazurca, el vals y la polca. Muchas músicas y danzas negras se fueron mimetizando, en la religión católica, practicada por obligación de la clase más fuerte, obligando a la parte sometida, como era la población negra, a disimularlas, para poder practicarlas. También ocurrió que con el paso del tiempo, algunas danzas y músicas negras fueron cambiando el significado y contenido, pues pasaron de sagradas a profanas y de restringidas a populares. Este es el resultado de la transculturación antes mencionada. Se fueron dejando atrás, de manera irreversible, morfologías culturales, maneras de vida africana, comidas, signos o símbolos de variada índole, que no se adaptaban a los nuevos regímenes de vida social. En cambio, se incorporaron otras formas sociales, religiosas o económicas que tenían preeminencia en la sociedad de los blancos. El proceso de transculturación entre el africano y el europeo es la segunda apertura. La primera fue entre el criollo y su música.

Es desde 1860, estimadamente, cuando las danzas de los negros se van infiltrando de otros elementos culturales, sin llegar a desnaturalizarse. Es posible opinar en este sentido de acuerdo con un testimonio de 1882.[50]

La transculturación ha permitido que a pesar del origen negroide, condenada en términos peyorativos, fuese tomada como una música más, levantándole las sanciones morales.[51] Es interesante señalar que ya para 1870 y años sucesivos, los periódicos de la comunidad negra contengan reiteradas referencias a los tangos negros, como terribles, significando bonitos, gratos de escuchar.[52]

La música de los negros de Buenos Aires se basaba en el percusionismo del tambor, el acompasamiento coral y el batir de palmas. Los tambores principales fueron el Le, el Mayor, Rumpí, el Mediano y el Rum, el más chico.[53] El sonido de esos tambores sonando durante horas, no fue bien aceptado por la sociedad de los blancos. El reiterado Concolorcorvo indicó que obligaba a taparse los oídos a las personas y hacer correr asustados a los burros. De todas maneras esa música original se fue mezclando lentamente con la música del violín, armónica, etc., creando en la influencia recíproca el nacimiento de una nueva manera de hacer música. Para 1870-1890, en los bailes de los negros, además del candombe, se tocaban y bailaban malambos, huellas, palitas, simaritas, gatos, cielitos y tangos[54] llamados tangos negros, que empezaban a difundirse con muy buen recibimiento popular.

En los lugares de reunión populares antes mencionados, dentro de la igualdad impuesta por la pobreza, hubo ciertas diferenciaciones raciales. Negros e indios fueron ligeramente considerados como inferiores a los criollos blancos. En los bailes que se practicaban en ellos, los criollos y los extranjeros tuvieron dificultades iniciales por falta de conocimientos y de práctica. El negro utilizó sus conocimientos coreográficos para burlarse de las torpezas ajenas, como se ha indicado antes. La manera más simple de demostrar la burla consistió en exagerar las coreografías que se dominaban a la perfección, haciendo de esta forma nueva de bailar una estrategia para tratar de dejar a los menos aptos o diestros, marginados casi siempre, de esas danzas que eran propias del negro y que tenían para muchos de ellos, a pesar de su popularidad y popularización, dentro de otras etnias, un trasfondo sagrado.[55]

Esas exageraciones burlonas, al ser imitadas, dieron lugar a la aparición de pasos semejantes o muy parecidos a los practicados en los bailes folklóricos. Esta primera aproximación permitió el ingreso a la danza de los criollos. Con la frecuentación y la práctica, de bailarines torpes y groseros, se convirtieron en hábiles, llegando a comprender y hasta dominar la coreografía negra. A partir de ese momento, el blanco criollo estuvo en condiciones de burlarse de los bailarines negros al poder demostrar la destreza adquirida. Dominando el ritmo y aprendida la cadencia, pudieron introducir variaciones coreográficas, que eran fruto de su propia creación, demostrando su habilidad frente a la habilidad de los negros. En ese momento imperó una aparente anarquía al enfrentarse dos mundos musicales y dos coreografías. Las diferencias se fueron decantando y simplificando, dando lugar a una tercera, que era común a los negros y a los blancos, aún no definitiva y sí transitoria. La incorporación de instrumentos como la guitarra y el violín permitió armonizar musicalmente esa etapa y preparar el nacimiento de otra nueva. Como se ha dicho antes, sobre el candombe influyeron lo folklórico, la habanera y el tango andaluz, que a su vez fueron influenciados. Esta es una etapa de conjunción musical, donde predominó la guitarra, que era el instrumento que mejor dominaban los criollos. Tuvo apoyatura en el violín, flauta y algún otro instrumento. Todos ellos fueron desplazando, relegando al papel de secundario, al acompañamiento percusivo de los tambores, que antes eran el centro de la música negra. Después fue eliminado de los conjuntos musicales.

Igualdad de los opuestos

Los elementos musicales, en ese tiempo histórico, opuestos entre ellos, como son la habanera, el candombe, el tango andaluz y el folklore, además de otras expresiones musicales europeas, en el proceso de transculturación, fueron creando un ritmo de baile corto, picado y ligero. Tenía marcada herencia del canto por cifra y del verso corto y picado de la payada. También heredó la rasgueada lenta, para dar tiempo a respirar y a pensar, del contrapunto y volver luego al ritmo rápido de la respuesta. Este nuevo tipo de música resultó ondulatorio, adaptado al predominio de una sola voz, no de dúos o coros, permitiendo el lucimiento del cantor.

Se ha dicho que la guajira flamenca influyó sobre la guajira cubana, de la que desciende la milonga. Se alega que las dos primeras se escriben en 6/8 y que los guitarreros de Buenos Aires, al no saber leer música y sin llegar a dominar el instrumento a fondo, las simplificaron ejecutándolas en 2/4. Ahora corresponde señalar que dentro del polirritmo afro: "...El ritmo más conocido de la música de los candombes se explayaba sobre el binario 4/4 yuxtapuesto a los compases 3/4 y 2/4...".[56] Lo mismo afirma Ortiz Oderigo sobre la danza al señalar: "... Su pulso es fuertemente sincopado en compás de 2/4 u otras combinaciones binarias...[57] De otras fuentes también es posible citar que pueden interpretarse las músicas afro en 2/4. No es de extrañar, entonces, que en la síntesis y la simbiosis musical que se produjo después de 1850, acompañando al desplazamiento del tambor, haya acaecido el ritmo de 2/4, como elemento unificador de la nueva música popular que se estaba gestando y que tenía cada día más aceptación, sin omitir que esa marcación era la más adecuada a la baja, escasa o nula cultura musical que tenían los intérpretes de la época referida. Se puede tener en cuenta, también, que al faltar el conocimiento de leer pentagramas, predominó la memoria auditiva y, dentro de ella, los trozos más fáciles de reproducir, teniendo en consideración la destreza interpretativa de cada uno, con la apoyatura del 2/4 mencionado. De esta manera, se fue formando la base indispensable para una evolución posterior hasta adquirir las formas definitivas.

Vicente Fidel López y otros testigos aseguran la existencia de muchos cantores de la música ejecutada en este ritmo.[58] La mayoría asegura que para 1860-1870, la milonga se cantaba y se bailaba, dando como referencia la mención de ella en los versos del Martín Fierro (1.143 y otros). El mencionado López hace notar que para 1860 se bailaba "un aire vulgar, cadencioso, antecesor de la milonga.[59] Esta palabra milonga es de origen afro y significa palabra, palabrería. En Uruguay se llamó así a la payada pueblera.[60]

La novedad de esta década, acompañando a la popularidad, es que se bailaba con la pareja abrazada. Según Carlos Vega, esta novedad proviene de la habanera.[61] Es posible que así sea, que como señala Ortiz Oderigo, ninguna danza o baile africano, se baila enlazada ni abrazada. Otros testimonios de la época afirman que el nuevo baile se realizaba aprovechando los cambios de ritmos para hacer cortes. Casi 20 años más tarde, y en la década del 80, se confirma esta variante coreográfica y se asegura que los negros la aceptaron e incorporaron cuando bailaban.[62] Este y otros autores afirman que la milonga, en muy poco tiempo, fue patrimonio casi exclusivo del compadrito. Se bailaba para lucimiento de la persona, creando figuras coreográficas en cada pieza.[63]

Larga marcha del tango

La popularización de la milonga no significó la desaparición del negro como bailarín, no como músico y menos como concertador de los bailes populares. Hasta bien entrado el siglo actual no existieron medios mecánicos ni eléctricos para trasmitir el sonido a distancia. Por ello, en la etapa de difusión masiva de la música popular, el público y los bailarines debían permanecer en un cierto silencio para mantener concentración y así ejecutar los pasos coreográficos sin errores. Lo mismo corresponde a la interpretación de las letras. Ambas cosas conllevaron a observadores y repetidores no muy despiertos a sostener que el tango es serio y triste. Se ha llegado al colmo al afirmar que el tango es un sentimiento triste que se baila. No hay nada más alejado de la verdad. Se ha confundido concentración con tristeza, algo parecido a confundir zapatos con sombreros.

La difusión de la milonga no se adecuó demasiado al gusto para bailar, su ritmo era muy rápido y exigía una gran destreza, que la mayoría de los bailarines -hombres y mujeres- no tenían. Por ello, insensiblemente, se fue mezclando con el ritmo de la habanera, de la guajira, del tango andaluz, mucho más lentos y acompasados. Esa lentitud permitió a los músicos interpretar mejor las piezas. De esta manera, acentuando lo melódico y relegando la rapidez rítmica, el público bailarín fue prefiriendo este nuevo estilo bailable. De todas maneras era música más lenta que la milonga, que se bailaba con la pareja abrazada, y sin nombre diferenciador, llamado indistintamente tango negro, tango americano y otras denominaciones (flamenco o andaluz), siempre con el aditamento de la palabra tango, para indicar el baile. El aditamento era usado para designar orígenes o influencias que se reconocían cuando se lo veía bailado. Curiosamente, también se llamó tango a la música de los negros, en Estados Unidos, durante la época, considerada inevitable como antecedente del jazz y que coincide cronológicamente con la aquí tratada para el tango. Esta música que se generalizaba día a día se ejecutaba preferentemente con guitarra, violín y flauta. Las variantes en los instrumentos fueron muchas y dependieron de qué músicos estaban presentes para ejecutarla. La preferencia del público por la parte instrumental aún no estaba definida, puesto que ejecutada por los organitos callejeros a manija o por los mayorales de los tranvías, tenían el mismo reconocimiento y la misma aceptación auditiva.

De tríos y cuartetos

La cantidad de músicos que se reunían para amenizar los bailes raramente llegaban a cuatro. Lo más común eran los dúos y tríos con los instrumentos antes mencionados y su variante de acuerdo con las oportunidades de convocatoria previa o la coincidencia de quienes estaban presentes. Era característica en esta época de difusión masiva, pero de inestabilidad en cuanto a la permanencia en los lugares, por la falta de la costumbre o norma, de contratación de los músicos para que concurrieran de manera regular a determinados locales. Por ello los músicos debían moverse de un lugar a otro, llevando el instrumento consigo, hasta encontrar la ubicación diaria. Si no se lograba en una parte se seguía buscando, hasta encontrar dónde lograr la retribución diaria, siempre tentando suerte en el próximo local. De esta manera, en los lugares de baile o donde escuchar música, la variación casi interminable de citas ocasionales de intérpretes del mismo o variado instrumento, que estuvo en relación coincidente con la variación de personajes que concurrían a escuchar o bailar ya que se codeaban malevos, compadritos, bailarines, que ya podemos llamar profesionales (pues cobraban por una exhibición o por dar clases domiciliarias), el hombre común, el inmigrante del exterior o el proveniente de las regiones del interior.

Todos ellos eran difusores de la música en el silbido, el canturreo, en lo referente a la música y en la enseñanza a jóvenes inexpertos que querían conocer cómo eran esos lugares no bien recomendados ni recomendables y que por ser prohibidos o condenables por la moral social, por no ser "decentes", tenían el encanto de lo pecaminoso. Fue necesario el paso de una o dos generaciones, es decir, treinta años, para que apareciera el tango como tal. Esto fue facilitado por la introducción del bandoneón. Mientras tanto, personajes de la noche y de la farándula fueron adquiriendo nombre y renombre, como el negro Casimiro, violinista, el mulato Sinforoso, clarinetista, y Jorge Machado con su concertina.[64]

No hay fecha cierta, fehaciente, que se pueda comprobar documentalmente sobre la introducción del instrumento llamado bandoneón. Se dice que en la Guerra del Paraguay (1864-1870), Domigo Santa Cruz lo ejecutaba para distraer a sus compañeros de armas, sin probanza de cómo llegó el bandoneón al país ni a sus manos, ni dónde fue adquirido. Otros afirman que Bartolo, el brasileño, lo introdujo en 1870 y finalmente hay quienes sostienen que un inglés a quien llamaban don Tomás, lo introdujo en 1884. Son afirmaciones recibidas por traslación oral, apoyadas en las memorias más o menos fieles de los relatores. Mi experiencia, en las investigaciones históricas, es que a la mayoría de las memorias conocidas hay que tomarlas con pinzas, con precauciones, es decir, hay que probarlas y comprobarlas, pues casi nunca se relata de memoria con notas escritas en el momento en que los hechos ocurrieron, o muy poco después. La memoria humana falla, no sólo en las fechas puntuales, sino en los hechos mismos. No se dan errados a propósito; se los recuerda y relata como ciertos. La corroboración posterior, a que me refiero, demuestra los errores involuntarios. Lo mismo ocurre con la mención del primer tango, recurriendo al meritísimo libro de los Bates cuando se afirma que *el queco* (prostíbulo) "fue entonado por los soldados de Arredondo durante las acciones de El Quebracho", ubicando cronológicamente este suceso y por ende este tango en 1874. [65] Este es un grueso error histórico. El general Arredondo fue derrotado en la acción del Quebracho, en las operaciones revolucionarias contra el presidente de la República Oriental del Uruguay en el año 1886. He tratado de comprobar si los soldados que lo acompañaron cuando invadió la ciudad de Córdoba, durante la revolución mitrista de 1874, lo cantaban a manera de marcha triunfal cuando ocuparon la plaza, sin poderlo comprobar documentalmente. Los Bates, lo mismo que sus informantes, aportaron datos muy importantes sobre el período anterior al tango escrito e impreso. Por fallas humanas de la memoria, aportaron informaciones no contables del todo. Algo parecido ocurre con las recopilaciones hechas en base a memorias y que aparecieron después registradas como correspondientes a nombres y apellidos comprobables.

Los nombres que se dan como autores de ciertos tangos, con anterioridad a la comprobación escrita, sirven para tener un antecedente en el proceso de la formación del tango. También son para demostrar que los nombres y apellidos de las personas indicadas, pertenecieron a personas físicas. No prueban la autoría que se les atribuye. No niego que esos nombres corresponden a ejecutantes de diversos instrumentos, y además puedan llegar a corresponder a autores de tangos. Niego la existencia de fuentes documentales para avalar esas afirmaciones teóricas.

La mayoría de los llamados tangos, anteriores a su escritura en pentagrama, contaron con letras para ser cantadas, como complemento de la música, y no la música como complemento de la letra. Ambas se trasmitían oralmente, por memoria auditiva. Tenían la ventaja del reemplazo y el cambio para corregirlas o perfeccionarlas. Las letras que han llegado hasta nosotros han sido adecentadas.

El lenguaje utilizado originalmente, no era para oídos castizos, sensibles y mucho menos, cultos. Provenían del medio ambiente indicado cuando me he referido reiteradamente a los prostíbulos, conventillos y analfabetos. Esas letras, para ser escuchadas, comprendidas y cantadas estaban realizadas por y para quienes entendían el significado de las palabras como las alusiones contenidas en ellas, sin llamarles la atención o ruborizarse. Ejemplos son las letras pulidas o adecentadas como son los tangos llamados: La otra cara de la *luna* y Sacudime la *persiana, para* mencionar ejemplos elocuentes.[66]

La estabilidad que consolidó los cambios

La estabilidad política, económica y social que significó el primer gobierno de Julio A. Roca (1880-1886) se tradujo en materia musical en la proliferación de las Academias de Música, que se difundieron en toda la República. Inmigrantes europeos, especialmente italianos, de cultura musical adquirida en su patria de origen, al llegar a esta tierra, para estabilizarse laboralmente, establecieron estas academias, también llamadas conservatorios, para enseñar teoría, solfeo, piano y algún otro instrumento musical. Sus alumnos eran de la clase pudiente y de la media con recursos económicos. Esos estudios musicales dieron un atractivo social y personal a las niñas y adolescentes de la época. También, como exteriorización de la estabilidad, es que los músicos intuitivos, que habían logrado un cierto renombre, se animaron a poner en el pentagrama sus creaciones. La existencia de las piezas impresas dio lugar al nacimiento del negocio, al venderlas al público en cantidades nada despreciables. Esos autores iniciales, que no sabían escribir música, pero tenían inspiración, pidieron a quienes sabían escribir en el pentagrama, se las pasara en limpio y legibles, después de tararear y/o silbar la composición. Así lo han reconocido autores como Eduardo Arolas, Vicente Greco y Manuel Campoamor. De la escritura de esas letras para ser impresas y vendidas, nació el negocio que hoy podemos llamar "trucho", consistente en la impresión clandestina, o sea, sin pagar los derechos al autor. Por la deficiencia de la legislación de esa época, muy poco fue lo conseguido por aquellos que recurrieron judicialmente en búsqueda de amparo y resarcimiento material. Esas ediciones clandestinas superaban hasta diez veces las ediciones legítimas y facilitaron la ejecución de las piezas impresas en dúos, tríos, cuartetos y su difusión, sin encontrar lugares que pudieran escapar a su ejecución, facilitando el ingreso del tango a los hogares, por la puerta de atrás, sin avisar a los padres o a los profesores que dictaban clases a los jóvenes.

Cálculos de la época estimaron un promedio de 18.000 los ejemplares vendidos de las piezas más reclamadas y de un 10% de esa cantidad en las menos solicitadas.

También proliferaron los teatros populares, con obras del llamado género chico, que poco a poco fueron dando lugar al sainete criollo y fueron incorporando piezas gauchescas y tangos. A medida que eran escuchados por distintos públicos, los tangos fueron logrando la preferencia cada día más generalizada.[67] La música que en esos teatros se ofrecía era ejecutaba casi siempre con guitarra, violín y flauta. La concertina, el acordeón, arpa, armónica, etc., fueron quedando para otros locales y otras músicas. Como no había posibilidad en todos los lugares de tener trabajo diario, repito, los músicos debían recorrerlos, llevando su instrumento hasta lograr conchabo. Los teatros del género chico iniciaron una cierta estabilidad, al tener que ofrecer funciones diarias, durante períodos más o menos largos, que dependían de la acogida que el público brindaba a las piezas puestas en escena. De todos modos, los llamados dúos –guitarra y violín– o los tríos –guitarra, violín y flauta– fueron los más difundidos y aceptados por las empresas teatrales.

Fuera de los teatros, a medida que la estabilidad se fue afirmando como realidad social, algunos locales, no muchos, empezaron a contratar a algunos músicos para que actuaran de manera estable. Era también una forma de asegurar una concurrencia de público a los locales, pues los músicos así convocados eran los que tenían mayor predicamento.

También de esta época, como reflejo de la estabilidad, es el auge de la payada y del contrapunto. Sus cultores pudieron radicarse por un tiempo en Buenos Aires, abandonando los viajes trashumantes e inseguros, para realizar el resto del año giras más o menos bien concertadas en el interior o exterior. Ya había en las localidades del interior provinciano locales y público con capacidad de recibirlos y escucharlos, asegurando una remuneración adecuada al trabajo realizado. En 1884 Gabino Ezeiza impuso la modalidad del contrapunto por milonga, según afirmación hecha por Nemesio Trejo.[68]

En esos momentos el payador era cantor solista, acompañado con guitarra, sin compañeros o "laderos" que reforzaran la parte musical de su actuación. Por ello no necesitaba tener a su alrededor a nadie para acompañarlo. Cuando se presentaba la oportunidad de un desafío, cada uno de los intervinientes lo hacía por sí, cada uno con su característica, amparado en su propia habilidad. Además, en sus canciones o payadas de contrapunto, la temática carecía de referencias y de vinculaciones con peringundines, academias, prostíbulos, cárcel o mala vida. Se referían preferentemente a cosas camperas o incursionaban, con lenguaje bastante elevado y culto, en temas filosóficos, los misterios de la vida, o a Dios. También la Patria y el pasado heroico y guerrero (Paysandú) fueron parte de su repertorio. Esta suma de características distintas le dio un período de florecimiento generalizado, que puede encuadrarse entre 1895 y 1915.

Al finalizar el siglo, concretamente en 1899, la Argentina intervino en la Exposición de París, con la presencia de Pellegrini como representante nacional. Algunos de los que fueron enviados para el armado del Pabellón Argentino, llevaron músicas de tango impresas, las vendieron y fomentaron la formación de conjuntos para su ejecución. La melodía musical y el exotismo del origen, acompañados del sensualismo coreográfico de la pareja bailarina, lograron atraer adeptos en muy poco tiempo. París era en esos momentos el centro del mundo civilizado y el tango se fue conociendo como curiosidad, como novedad y como diversión. También se atribuyó la venta de las músicas impresas a un viaje de la fragata *Sarmiento*. Como en el caso anterior no hay nombres conocidos, para atribuirles el hecho concreto. En cuanto a la popularización del tango, hay que considerar la presencia del matrimonio Gobbi, enviados a París para grabar tangos, y a su labor en la difusión y afinación de la música porteña.

En Buenos Aires, para la misma época, la clase adinerada seguía concurriendo a los teatros para continuar escuchando la música considerada clásica, encuadrada dentro de la tradición musical española y europea. En algunos de los teatros frecuentados por el sector de la alta sociedad, se realizaban bailes, pero en materia de galanura, refinamiento y distinción se destacaban el Club del Progreso y el Club del Plata. Estos bailes para amenizarlos contrataban orquestas armadas especialmente. El repertorio de esas ocasiones continuó siendo el ya conocidos, el vals vienés, polcas, mazurcas, etc. Para 1898, había en Buenos Aires más o menos 30 agrupaciones dedicadas a organizar bailes para la clase media en ascenso numérico. La mayoría de los locales utilizados para ello estaban en el barrio de San Nicolás, pero sin exclusividad, pues la calle Corrientes reunía un número considerable y otras calles de menor importancia, por su proclividad a albergar manifestaciones de la "vida ligera", también tenían locales dedicados a estos espectáculos, con una concurrencia menos selecta, al mismo tiempo, más heterogéneo. El horario de funcionamiento de esos bailes era de 20 a 24 horas, los días de la semana y desde las 20 a las 3 de la madrugada en las épocas de carnaval. Para los bailes de estas fechas se permitían los disfraces dentro de determinados límites. Estaba prohibido, entre otros ejemplos, disfrazarse de cura, monja, militar, semidesnudo, en ropas que se consideraban indecentes, procaces o inmorales. Se prohibía el ingreso y permanencia de los menores de 17 años, borrachos, drogados o prostitutas que intentaran realizar su negocio, sin guardar ciertas formas. En la puerta había siempre uno o dos policías que palpaban de armas a los hombres que ingresaban. Dentro de esos locales no se podían vender ni consumir bebidas alcohólicas. Esto fue remediado, teniendo al lado del salón de baile despacho de bebidas. Casi siempre este negocio era propiedad de los mismos dueños de los salones, que de esa forma hacían doble ganancia.

En las llamadas *familias de pro*, además de los bailes semanales con día e invitados fijos y casi inamovibles, por lo cerrado del círculo de amistades cultivadas, los repertorios de las músicas ofrecidas eran el consabido vals, cuadrillas, mazurcas, polcas, lanceros, habaneras, y por pedido de alguna persona mayor, minuets.

En el otro extremo del espectro social estaban los cafés de barrio. En ellos, sus dueños no siempre querían afrontar los gastos de contratar a un dúo o un trío; para evitar ese costo y brindar música que atraía clientela aceptaban a los organilleros o a músicos, que sin cobrar nada al dueño del local, aceptaban las propinas de los parroquianos.[69] De estos cafés se pueden mencionar El Caburé, El Estribo, El Aeroplano, y varios más que tuvieron esas características. Es para 1910 cuando aparecieron las pianolas. Por la modernización consiguiente, se había logrado mejorar la calidad y variedad brindada por los organitos callejeros. También para esa fecha apareció la modalidad de permitirse bailar en los cafés. Esto se realizaba en el Café Atenas, La Paloma y otros, ubicados en distintos barrios, expresando en la proliferación de locales parecidos, que la modalidad había adquirido difusión, desapareciendo la exclusividad alcanzada antes por determinados establecimientos. Cuando la capacidad de los locales se colmaba, la clientela se agrupaba en la calle para seguir escuchando música, ya que no podían bailar al mismo tiempo. La mujeres que concurrían a esos lugares, para poder bailar con los parroquianos ocasionales, eran mayoritariamente –casi exclusivamente– prostitutas que pretendían disimular la profesión.

De vuelta al prostíbulo y al conventillo

La misma prosperidad económica que consolidó la clase alta argentina, con el consiguiente control político, le permitió viajar a Europa, con mayor placer y comodidad que trasladarse a sus estancias. Como contrapartida atrajo a la Argentina, y especialmente a Buenos Aires, a nuevos inmigrantes de todos los países y a emigrantes de las provincias del interior. Esta concentración en la ciudad puerto aceleró y agravó el problema del alojamiento, la alimentación y la distracción popular y masiva. Para solucionar el primer problema se volvió a recurrir al conventillo, para el segundo, a las casas de pensión, comidas al paso, boliches, pulperías, que brindaban bocados fríos o calientes por unas pocas monedas. El tercer problema se resolvió con la tradicional solución de los prostíbulos legales o ilegales. La necesidad de mujeres, insaciable a los ojos de algunos miembros de las autoridades sanitarias, para satisfacer las apetencias sexuales de los hombres solos y solteros, fomentó para 1895 –repito– la formación de sociedades de rufianes dedicadas a la importación de mujeres para organizar, como negocio muy bien estructurado, la trata de blancas. Las autoridades locales, muy preocupadas por el auge de este tipo de delincuencia, establecieron dos clases de simplificación delictual. Las que se dedicaban a la importación de mujeres, vendiéndolas luego en pública subasta o por medios más discretos a personas de dinero, y quienes habían ya organizado la explotación de la trata de blancas en los prostíbulos de la capital e interior. Un autor judío, de probada probidad y seriedad intelectual, expresó que la inmigración judía en la Argentina, según un folleto de 1885 aparecido en Buenos Aires y titulado *La prostitución en Buenos Aires,* ya destaca la considerable cantidad de polacas, vale decir judías, entre las rameras.[70] También señala que ese mismo año empezó a funcionar en la misma ciudad la "Sociedad de Protección a la Mujer" (Erzat Hashim), filial de la asociación del mismo nombre, con sede en Londres. Aporta sobre el tema un dato interesante, como es la información suministrada por el doctor Carlos Bernaldo de Quirós, indicando que entre 1899 y 1915 ingresaron a la Argentina 13.391 mujeres detectadas como prostitutas. A esa cifra hay que agregar 3.212 de nacionalidad argentina, para tener el número total de prostitutas registradas, es decir, legales o conocidas. La suma completa la cifra de 16.663, o sea a un promedio anual de algo más de 1.000. "...Como consecuencia, casi el 30% de ellas eran judías".[71] Ese porcentaje eleva la cantidad a casi 5.000 de mujeres judías dedicadas a este comercio carnal. Esto coincide en números generales con consideraciones de la policía para las mismas fechas. Además, para 1900, en apreciaciones municipales, aparecieron 2.800 mujeres, estimadamente, declarándose costureras o modistas. Otros sondeos oficiales, para la misma fecha indican una capacidad de demanda de mujeres, como mano de obra para trabajos por tareas, es decir, sin ocupación fija y segura para 650. Las diferencias entre las cifras mencionadas ocultan la verdadera ocupación: prostitutas.

Ese mismo año la policía estimaba la existencia de diez rufianes y de 150 alcahuetas. Más o menos entre el 65 y el 70% eran judíos. También para fines del siglo se seguía permitiendo el ejercicio de la prostitución a mujeres menores de 18 años de edad, contraviniendo las disposiciones legales respectivas, que reglaban este comercio. Sólo para 1903 se elevó la edad para ejercer la prostitución a los 22 años cumplidos.

Es de esa época que en muchos de los barrios periféricos y no terminados de urbanizar, se encontrara a diario con la presencia de vendedores ambulantes y la venta de leche se hacía al pie del animal, que se paseaba por las calles.[72] Era común que estos vendedores anunciaran su presencia y la calidad de la mercadería que llevaban tocando algún instrumento, y casi todos usaban trozos de tangos popularizados en el gusto de la gente.

Contradicción entre inmigración y progreso material

La apertura de las fronteras y el fomento oficial de la inmigración masiva, no selectiva, permitió el ingreso de todas las corrientes de pensamientos políticos que se conocían en el mundo y muy especialmente en Europa. Así llegaron los que traían vocación de trabajo, en búsqueda de arraigo, de paz, para poder dejar atrás persecuciones, exclusiones políticas, religiosas, de clases y miserias de campos agotados. Otros llegaron buscando una tierra nueva para poner en práctica nuevos sistemas políticos como el socialismo, comunismo o el anarquismo. Encontraron una legislación menos rígida y más permisiva, logrando captar prosélitos al propagar sus ideas por medios impresos, actos públicos, peticiones a las autoridades, amparados en la legislación liberal. Sin embargo la práctica del anarquismo superó los límites permitidos y provocó la reacción violenta cual los atentados con bombas realizados. Por ello se sancionó la Ley de Residencia –1902– que permitía la expulsión de los extranjeros que a criterio de las autoridades fueran indeseables o no aptos para continuar viviendo en nuestro país. La ley, con las distorsiones y arbitrariedades a que dio lugar, sirvió para demostrar que la sociedad argentina de principios del siglo actual, estaba desarrollándose de manera no armónica. Las ideas anarquistas habían encontrado materia propicia para su fomento en las condiciones materiales desastrosas en que vivía la mayoría de la clase trabajadora.[73] El intento de mejorar esas condiciones, sancionando un Código de Trabajo –proyectado por Joaquín V. González– terminó encarpetado. Esta resistencia de la clase dirigente a mejorar las condiciones de vida y salario del proletariado costará un alto costo social, que la Nación aún no ha terminado de pagar.

La sorpresa parisina

Esta misma clase que hizo oídos sordos a los reclamos de las clases menos favorecidas, viajó a Europa, haciendo ostentación de sus riquezas. Trató de incorporarse al sector de la vida parisina que llevaba un alto costo de vida y un alto ritmo de satisfacciones hedonistas. La picaresca parisina llamó a este tren de vida disipado, alcohólico y al mismo tiempo pseudo culto, *vida ligera, vida nocturna* o *mala vida*. Eran los años de la afirmación de la *belle époque* europea. En ellos el buen gusto, refinamiento, cultura, distinción y superación de niveles morales, estéticos y éticos se renovaban a diario. Se dio en esos momentos una intrincada trama entre educación, poder adquisitivo, cultura y disipación sensual, no conocidos en épocas anteriores. La clase rica argentina, visitante de París a fines y principios del siglo, creyó que con dinero alcanzaba para tener cultura, refinamiento, belleza y distinción social. Cayó en el extremo de los gastos fastuosos y excesivos. Por ello recibió el mote despectivo de *rastacueros* y *rastacuerismo* el estilo de vida emprendido. Esta adjetivación se aplicó en general a todos aquellos (la mayoría sudamericanos), que carentes de sólida cultura, pretendían adquirirla, realizando compras indiscriminadas de obras de arte, en un intento de suplir esa falencia. Esas designaciones fueron la forma despectiva que la vieja oligarquía francesa aplicaba a los nuevos ricos de América, para indicarles que tenían dinero, pero carecían de cultura esencial, modos de vida y hasta ignoraban los protocolos mínimos para moverse en sociedad.

Pero la gran sorpresa no fue el bautismo antes mencionado, sino encontrar que el tango porteño, despreciado en Buenos Aires, había campeado en los salones más cerrados y escogidos de las casas con recibo semanal y en los selectos *chateaux*. Era bailado, aplaudido y festejado, cuando ellos lo habían dejado de lado por sus orígenes rufianesco y prostibulario, en su país.[74] En esos momentos había en París –1902– muchas academias de baile para aprender a bailar el tango –unas 100– con sus consiguientes maestros. Para los parisinos que bailaban tango, esta música tenía el encanto de lo exótico.[75]

En otra publicación se sostuvo: *Mediante una marcha fulminante, ha invadido los salones, los teatros, los bares, los clubes nocturnos, los grandes hoteles y merenderos. Hay Thétango, exposiciones-tango, tango-conferencias. Toda la ciudad ha entrado en movimiento, tiene el tango en la piel. Se han dedicado al tango inmensas catedrales donde un pueblo de fanáticos haciendo ondular, con una inconsciencia verdaderamente impresionante, la multitud de innumerables traseros, su trance, se lanzan ante los ojos de un millar de mirones a la cruda luz de los arcos voltaicos, a esa música de alcoba. En los más bellos barrios de París se han inaugurado santuarios, cuyos pórticos son guardados por suizos acorazados de oro –especies de rascacielos artificiales– que superponen a cuatro pisos sonoros la guitarra, atestados de convulsionarios, en tanto las parejas que no han podido hallar un lugar en los salones repletos, miman al tango con sus cuerpos acechando por doquier, donde descubrir un rincón libre en las escaleras, en el vestuario, en los lavabos. Por lo demás todo tambalea en sus suntuosos cenáculos de iniciados excitados. Se oyen sonar los caireles de las arañas, se ven oscilar los cuadros sobre los muros, vibrar el té dentro de las tazas.*[76]

Dejando a un lado las licencias y libertades descriptivas del autor, queda la esencia del tango aceptado y bailado casi sin límites ni dificultades por todas las clases sociales, especialmente por la adinerada que lo prohijó con entusiasmo.

En Buenos Aires, con el predominio de la cultura europea en los principales hombres que constituían la clase dirigente y en aquellos que de alguna manera contribuían a formar la opinión pública, no fueron afectados por la música popular y su baile cada día más practicado. Primó el peso de los valores consagrados y la resistencia a los cambios. Esos valores consagrados fueron la salvación de las raíces fundacionales de la cultura europea, poniéndola a salvo de los cambios transformadores, para que tuviera vigencia y existencia. No se supo comprender en el seno de esa clase dirigente, que en la renovación y los cambios adecuados y graduales, estaba su propia salvación como tal.

Sin embargo, el grupo argentino ya aludido como *rastacuero* coincidió, después de esta sorpresa parisina, en la necesidad de los cambios graduales. Otros, en cambio (Juan Pablo Echagüe, Enrique Rodríguez Larreta, Carlos Ibarguren, Manuel Gálvez,

Leopoldo Lugones, Alberto Gerchunoff, Miguel Cané y otros más, que coincidieron con la condena del Papa), se alistaron en el bando de la no aceptación, manteniéndose en el rechazo, cuando no el desprecio, del tango y de la clase de donde provenía y lo practicaba, cada día con más entusiasmo.

La iniciación del nuevo siglo coincidió con la segunda presidencia de Roca. Nuevamente la Argentina reencontró la confianza y la estabilidad. Es posible mencionar que volvieron a aumentar las obras públicas de infraestructura o secundarias, las perspectivas de prosperidad general y la absoluta seguridad de la paz interna y externa. (Los Pactos de Mayo aseguraron la paz con Chile.) También volvieron a aumentar los lupanares y las prostitutas.

Nuevamente prostíbulos y tangos

Para 1903 estos establecimientos se habían reconcentrado en la zona que tenía como epicentro las esquinas de Libertad y Corrientes. Por ello las autoridades trataron de diseminarlos sacándolos del centro. Así se logró, violando el propósito inicial, que se instalaran cerca de escuelas, colegios secundarios, iglesias y reparticiones públicas. Las prostitutas, en su intento de disimulo, se paseaban o recorrían las calles vestidas con guardapolvos blancos, llevando cuadernos y libros, también se manchaban los dedos con tinta, o por el contrario, se vestían con ropas oscuras, recatadas y llevaban en las manos misales. Si estaban instaladas en lugares cercanos a las reparticiones públicas, recorrían las calles con carpetas o papeles simulando realizar trámites administrativos. Oficialmente se reconoció ese año la existencia de 386 prostitutas registradas. Al investigarse sobre las causales de dedicarse a esa profesión, 166 informaron que lo hacían por gusto, 82 por necesidad, 68 por afán de lucro, 15 por capricho (¿rebeldía juvenil?), 12 por pereza o disgusto con la familia, 5 por falta de trabajo, 4 por carecer de oficio, 3 por abandono de la familia, 1 por conveniencia, 1 por enfermedad, 3 por dirigir prostíbulos y 1 por inercia.[77] Se pueden correlacionar estas respuestas con las cantidades de modistas y costureras indicadas antes.

Este año se inició en Buenos Aires la grabación en discos de pasta en las dos caras. Significó un adelanto técnico en el sistema de grabaciones antes utilizado, que lo hacía en una sola cara.

El avance del tango en la clase media se comprueba en el aviso del club Vélez Sársfield de 1905, invitando al baile donde se ejecutarían polcas, valses, skarting (forma primitiva del jazz), roman dance (sic), lanceros, mazurcas y tangos. Este mismo año Villoldo vio editado su tango *El Choclo*.

También significó el repunte de los cafés. Estos negocios por el poco capital que necesitaban para ser instalados, habían proliferado en todos los barrios de la ciudad. En el centro se encontraban el Germinal, Quijote, Los 36 billares, Los Inmortales, etc. En los barrios eran conocidos y apreciados cafés como El Pagés, Tupí-Nambá, Unión, Estribo, Dante, Sonámbulos y muchos otros que escapan a la enunciación detallada. En muchos de ellos se habían instalado mesas de billar o mesas para jugar naipes y dados, y en patios interiores, canchas para practicar tabas o bochas, y alguna riña de gallos.

El adelanto urbanístico alcanzado por la ciudad había permitido la instalación de cloacas, aguas corrientes, luz eléctrica, recolección de residuos a domicilio, teléfonos en las casas particulares en la reducida zona considerada centro. El centro urbano llegaba desde la ribera del río hasta la calle Paraná, en sentido este-oeste y desde Belgrano hasta Viamonte en rumbo sur-norte. En el resto de la zona edificada, en los edificios considerados como conventillos, el promedio era de 40 personas por ducha instalada y entre 35-45 por cada letrina, indicando el hacinamiento proverbial en estas construcciones. En los barrios alejados todavía en formación, las casas con piezas para alquilar llegaban a albergar entre 4 y 6 personas por cada habitación, pero sin aguas corrientes, ni cloacas. Por las distancias hasta el centro y esas deficiencias sanitarias, los alquileres eran menores que en San Telmo, Once o San Cristóbal en un 35-40%.[78]

La presión del aumento inmigratorio volvió a repetir el fenómeno señalado antes. Era más rápida la llegada de los inmigrantes que la velocidad en el proceso de construcción. Por ello, ante la constante demanda de habitaciones, se aumentaban los alquileres a niveles imposibles de solventar, al mismo tiempo que desatendían los justos reclamos ocasionados por los deterioros, violando las disposiciones municipales en lo referente a higiene y comodidad. Se crearon numerosas situaciones de enojo, peleas y juicios que culminaron en 1907 al estallar la huelga de inquilinos. Abarcó inicialmente a unos pocos barrios, y se extendió en muy poco tiempo a toda la Capital Federal. Las resistencias a los desalojos fueron solucionadas utilizando policías montados y bomberos armados, que procedieron con violencia tanto en el trato a las personas cuanto a las cosas. Este resultado de la huelga, también llamada la "huelga de las escobas", obligó a muchos músicos y cultores del tango a mudarse a barrios periféricos, en búsqueda de lugares que pudieran pagar. De esta manera volvieron a tener vigencia musical muchos lugares descartados por la ubicación geográfica alejada del centro, renaciendo la prosperidad de pulperías, prostíbulos y garitos. En el barrio de Constitución, burdeles que estaban rodeando el Arsenal de Guerra, y en San Telmo, Boca y Barracas, debieron ser abandonados en un número apreciable, para trasladarse hacia las afueras, donde los alquileres eran más bajos.

A mediados de la década inicial de este siglo, las colectividades europeas habían formado sociedades para sus connacionales y el público en general. Celebraban periódicamente festividades de cada país, con bailes, comidas y cantos de cada agrupación, poniendo color y calidez. Los conjuntos musicales ofrecían música europea y tangos, que se bailaban lisos. En estas reuniones y romerías, casi no había diferenciación social.[79]

La presencia de payadores, indicada antes, para este año de 1907, era permanente en los locales que brindaban piezas del género chico, tanto español como criollo, en Buenos Aires y en el interior. A su vez, eran frecuentes visitadores de las pulperías. Por ejemplo, la situada en Venezuela y Quintino Bocayuva, llamada El Pasatiempo. A ella concurrían a diario payadores consagrados y otros que aspiraban a serlo, lo mismo hacían en las llamadas La Rondanita, Las Tres Marías, La Banderita, La

Paloma y El Caballito. También esos lugares eran sitio de cita de prostitutas que deseaban aprovechar la concurrencia masculina, para conseguir clientela y ejercer su profesión en el mismo lugar o en otro cercano. Como complemento debe mencionarse que las pulperías, en general, también eran frecuentadas por músicos y cantores de tango, necesitados de ingresos diarios para subsistir.

En la misma década la Isla Maciel era la concentración de la llamada *mala vida,* pues los prostíbulos estaban uno al lado del otro, entremezclados sin interrupción con garitos, cafés, pensiones, almacenes, casa de comidas, despacho de bebidas, tenderetes y comités políticos. En todos estos lugares se tocaba y se bailaba el tango.

Casi en el año del Centenario -censo de 1909- se estimaba la existencia de 111,1 mil casas habitación. De ellas 47,5 mil eran conventillos o construcciones múltiples, es decir, el 42,7% del total de las casas censadas. Las habitadas por sus dueños representaban nada más que el 18,6% y por consiguiente el 81,4% eran inquilinos, carentes de propiedad. Aquí de nuevo volvieron a aparecer en los documentos oficiales, comprobaciones de las distorsiones sociales referidas anteriormente. Ese mismo año las muertes registradas en la ciudad, causadas por la tuberculosis y la sífilis, abarcaban el 25%, porcentaje por demás demostrativo de las malas condiciones de vida imperantes en la ciudad.

TERCERA PARTE

Consagración del tango

Se ha mencionado reiteradamente qué instrumentos se utilizaban para la ejecución de la música popular y la preferencia del público en ellos. El siguiente cuadro permite comprender la evolución de los instrumentos utilizados, perfilando la constitución de los conjuntos con mejor sonido y estabilidad en su constitución, al mismo tiempo que lograban afirmarse en determinados lugares:

Instrumentos	1880-1910	1910-1915	1915-1920
Guitarra	11	6	11
Flauta	8	1	8
Violín	13	13	32
Bandoneón (1899)	8	13	27
Clarinete (1903)	2	1	2
Arpa (1903)	1	-	-
Piano (1907)	4	9	16
Contrabajo (1916)	-	-	2
Armonio (1919)	-	-	1[80]

Este cuadro está realizado tomando en cuenta las agrupaciones que tuvieron más ocupación y renombre entre 1880 y 1920. En sus cifras se ve que instrumentos como el arpa, el contrabajo y armonio o clarinete, tuvieron poca incidencia en la formación de los grupos musicales. En cambio la guitarra, violín y flauta, hasta 1910, fueron los vigentes, prefigurando el dominio del trío con ellos formado. La incorporación del bandoneón significó el desalojo de la flauta. Por estas cifras, en la segunda década triunfó el cuarteto compuesto por piano, bandoneón, violín y guitarra. Se puede decir entonces que se estaba perfilando la llamada Orquesta de la Guardia Vieja, pasando por la etapa del Cuarteto Típico. Además, la incorporación del piano, como instrumento importante, significó la existencia de lugares estables para la ejecución de la música popular, superando la etapa del deambuleo y la peregrinación aludida en párrafos anteriores.

Los lugares donde actuaron, entre otros, esos conjuntos que se formaron en el tiempo y por decantación, intercambiando muchas veces intérpretes entre ellos fueron: Bar Iglesias (p),[81] Confitería Centenario (p), Café Argentino (p), Café T.V.O. (p), Don Pepe (p), La Morocha (p) y Oriental (p) para mencionar los más destacados.

Para el final de la segunda década, son muchos los cafés que han incorporado el piano para facilitar la interpretación del tango en sus locales. El piano significó al mismo tiempo la estabilidad en la concurrencia del público a los lugares donde se brindaba música de tango. Paralelamente a estos conjuntos musicales de y para el tango, estaban las llamadas bandas, que se utilizaban para amenizar las reuniones al aire libre, pues tenían mayor sonoridad, al ser muy numerosas y con instrumentos de fuerte sonido. En su repertorio, muy variado y mezclado, por el público heterogéneo, se incluían tangos que se bailaban sin cortes ni quebradas, como fueron los llamados tangos de salón, carentes de habilidades exageradas por parte de los danzantes.

Entre bombos y platillos

Las fiestas del Centenario dieron para todo y para todos los gustos. Las autoridades nacionales pudieron presentar una Nación en pleno crecimiento material, ordenada institucionalmente, habiendo superado las guerras civiles, con créditos y respetos internacionales crecientes. Al mismo tiempo recibió el reconocimiento de la mayoría de las naciones a la tarea realizada para convertir a la Argentina en una nación de identidad internacional. Para los "anarcos", fue la oportunidad de manifestar sus oposiciones con reacciones sangrientas, como el asesinato del Coronel Ramón L. Falcón, Jefe de Policía, y numerosos atentados menores. Para la clase media y el pobrerío, fueron la ocasión para la distracción y la alegría, al concurrir a los actos organizados sin reparar en gastos.

En los bailes de la clase alta, como en los organizados para festejo a las delegaciones visitantes, y en la realización de los actos oficiales preparados, predominaron el boato y el lujo desplegado; fueron muy concurridos para ver y ser visto. Los periódicos del momento se encargaron de destacarlos en las crónicas de sus ediciones diarias, dando amplios detalles de los vestidos utilizados en cada uno de ellos por las mujeres presentes, pero ignorando las reuniones de la clase media y del proletariado.

La mayoría de quienes trabajaban tuvieron la oportunidad, en esta ocasión, de romper la monotonía diaria, pues se multiplicaron las reuniones bailables callejeras, o en los salones, carpas o lugares abiertos, sin restricciones de público. Estas fiestas fueron animadas musicalmente por conjuntos que interpretaron músicas variadas, incluyendo tangos en ellos, satisfaciendo la enorme gama de gustos. Todos resultaron complacidos, pues primó, aun cuando fuera superficialmente, la alegría, el buen humor y las buenas costumbres.

No escaparon a esta euforia generalizada las prostitutas. Adquirieron notoriedad para 1910 los bailes llamados *de la Mona y de la Porota,* por ser estas mujeres así llamadas, las principales animadoras de los burdeles respectivos. No se quedaron atrás los bailes organizados en los locales de *la Tomasa* y de *la Lechuguina.* Otras prostitutas notables fueron para la fecha citada, *Pancha, la Negra; Luisa, la Gallega; Alicia; la Coronela* (por el cliente fijo que la defendía y amparaba); *María, la Víbora* (por las palabras hirientes de su vocabulario; *Tita, la Petisita; Palmira la Uruguaya; Elsa, la Culona; Elvira, la Pancita; Sara, la Chinita;*

Pancha, la Renga; la Vieja Tana; la Catamarqueña; Aurora, la Blanca (por la cantidad de cerveza que bebía a toda hora); *Juana, la Negrita*, y *Mónica, la Verde* (por beber nada más que ajenjo). Algunas de ellas prestaban servicios en Junín 545, uno de los prostíbulos más prestigiosos de entonces. En cuanto a las mujeres extranjeras, muchas se hacían llamar con nombres franceses, aun cuando fueran de otra nacionalidad europea. En algunas memorias de los diplomáticos que visitaron la Argentina en esa ocasión, recuerdan su paso por Buenos Aires y dedican más espacio a las prostitutas que conocieron y visitaron, que a los actos oficiales a los que concurrieron, asombrados por la variedad, calidad y lujo de los prostíbulos que pudieron frecuentar. Estas mujeres, además de distinguirse en el oficio más viejo del mundo, sobresalían por ser muy buenas bailarinas de tango, siendo algunas de ellas preferidas por los bailarines prominentes.

Se inicia el reconocimiento del tango

Ya en la segunda década de este siglo, el tango había entrado silenciosamente en muchos hogares que se autodefinían "bien" y "decentes", pues los hijos lo habían introducido silenciosamente, después de haber concurrido a los lugares donde se lo bailaba, contagiando el entusiasmo a los hermanos y otros parientes. Los adolescentes estudiantes de música incluían piezas editadas con tangos en boga, entre las partituras del estudio. Esta penetración silenciosa, constante y en aumento, generó en algunos miembros de la clase dirigente un llamado a la realidad para aceptar el tango. Como se ha dicho antes, la oposición era motivada en la mayoría de los casos, por carecer de formas musicales clásicas, o sea, no tener prestigio autoral, al mismo tiempo que era rechazado por el origen lupanario de su gestación y el lenguaje del delito que se le atribuía, al usar palabras del argot o lunfardo popular que no entraban en el lenguaje de las clases más educadas. Esa condena al tango es por parábola, ética, una condena a la mujer prostituta, que aparecía como personaje central de muchas letras. Por suerte, no toda la dirigencia social estaba ciega, sorda o maniatada para reconocer los fenómenos sociales que ocurrían en la misma sociedad de la que formaban parte. La experiencia parisina conocida por algunos de ellos, los había hecho recapacitar y obligado a reconocer que si el tango era celebrado, bailado, aplaudido y halagado, en París, algo bueno debía de tener.

Haciéndose eco de este enfoque e interpretando inquietudes que se manifestaban cada vez más fuertes y con mayor frecuencia, Antonio de Marchi decidió realizar un concurso de tango para conocer las respuestas de las clases educadas y ricas. De Marchi era yerno y vocero político de Julio A. Roca y por ello muy relacionado con las familias más importantes del momento. Se realizó el concurso en el Palace Theatre, ubicado en la calle Corrientes 757, en 1913.[82] No interesa para la índole de este trabajo la cantidad ni calidad de los concursantes, ni quiénes resultaron triunfantes, por lo que se dejan sin mencionar esos aspectos. Interesa la realización del concurso, como expresión de los nuevos tiempos que se estaban imponiendo, pues ésta es una de las pocas ocasiones en que, por lo menos una parte de la clase dirigente argentina, aceptó el predominio popular y comprendió que ese sentimiento popular no se podía dejar a un lado y sin tener en cuenta, por el hecho de ser popular y originario en sectores sociales condenados moralmente, carentes de educación y fortuna.

Al origen popular se unió el espaldarazo europeo. Ante esa unión no preparada ni orquestada sino espontánea, la diligencia argentina debió posponer de manera gradual sus prejuicios y prevenciones naturales de su posición social. Además, estos nuevos tiempos significaron el ascenso de la clase media y el reconocimiento al derecho a votar, cuando el presidente Roque Sáenz Peña lograra la sanción de la ley que lleva su nombre (voto secreto y obligatorio). Con la aplicación de dicha ley llegó el ascenso de la clase media al gobierno, la misma clase que había aceptado el tango, al votar por el radicalismo. De esta manera, radicalismo, clase media y tango iniciaron su ascenso paralelo, y esta triple coincidencia no implica una escala de valores, ni elogios o críticas para ninguno de ellos y mucho menos al tango. Una manera de corroborar lo anterior, respecto de la sociología del proceso ascencional del tango, son las cifras de los censos de 1869 y de

1914. En ambas, la clase alta representaba el 5%, la clase media el 68% y la clase trabajadora el 27%. Por ello el 5% debió ceder ante la presión social que significaba el 68%, aun cuando siguiera reteniendo los controles económicos con los que había gobernado y por los que lucharía durante muchos años más.

Pisando fuerte en el asfalto y en la tierra

Aun cuando las revoluciones radicales crearon perturbaciones y las reclamaciones sociales no fueran satisfechas de manera total, el fin del siglo pasado marca un crecimiento material sostenido. No alto en las cifras del P.B.I., pero sí reiterado en los saldos anuales, o sea, no se detuvo el crecimiento. Esto permitió la consolidación de la clase media, al mejorarse algunas de las condiciones de vida, el acceso a la educación y a la cultura, alcanzando de manera paulatina niveles deseados. A esto hay que agregar los adelantos técnicos logrados en la grabación de discos, ya que a partir de 1905 se multiplicaron las grabaciones, mejorando la calidad sonora de los mismos. Se facilitó la incorporación de numerosos conjuntos musicales a la industria fonográfica. Al aumentar el número de conjuntos y el de discos grabados, se aumentaron las bases de difusión, creciendo el mercado consumidor. En ese momento, los cafés de segundo nivel incorporaron las vitroleras, mujeres que se dedicaban a dar cuerda a las vitrolas donde se hacían sonar los discos para animar a la concurrencia, cambiándolos o repitiéndolos a pedido del público.

Se estima que entre 1905 y 1920, cuarenta conjuntos musicales grabaron con asiduidad y más de cincuenta lo hicieron en forma esporádica, siendo unos cien los lugares barriales donde se podía concurrir a escuchar música grabada y trasmitida en las vitrolas. A esto deben agregarse los conjuntos y lugares de segundo y tercer orden, para tener una idea aproximada de la expansión y auge de la música de tango en el aprecio popular. Hay que sumar a todo ello las representaciones populares en teatros, zarzuelas, sainetes, obras del género chico español y criollo que incorporaron tangos como pieza fuerte de las presentaciones realizadas, al depender algunas de ellas del éxito o fracaso de piezas musicales presentadas, pues eran en la mayoría de los casos el principal atractivo de público cuando triunfaban y se repetían entre los asistentes en general e incorporaban a los repertorios de otros conjuntos. Buena parte del éxito de estas piezas presentadas en teatros populares dependió también de la calidad de los intérpretes, afirmándose con mayor solidez cuando más tarde se incorporó el bandoneón, formando los cuartetos que se llamaron popularmente cuartetos típicos. Se estructuró de esta manera el conjunto ideal para oír y bailar, pues permitían la melodía, el ritmo y la incorporación de las letras cantadas. Como consecuencia de esta expansión masiva, el tango se consolidó en los cabarets, y se hizo necesario el envío de músicos a grabar en Estados Unidos y Europa, a fin de aumentar el caudal discográfico, para satisfacer un mercado que demandaba más placas grabadas, siempre que tuvieran calidad y estuvieran realizadas por los conjuntos preferidos. En París recalaron músicos argentinos y bailarines que, con suerte varia, permanecieron hasta la declaración de la guerra en 1914, recorriendo otras capitales y ciudades europeas.

Entre Buenos Aires y Montevideo existió un verdadero intercambio musical, especialmente en fiestas de carnaval, mientras Córdoba y Rosario fueron plazas importantes en el interior del país, para la actuación de los conjuntos de tango. Chile y Paraguay también recibieron a los conjuntos porteños que llevaron el tango. Sobre la base del cuarteto, se fueron formando quintetos y sextetos, con la duplicación de instrumentos, para aumentar la sonoridad, al mismo tiempo que permitió que uno de ellos o los dos, realizaran solos o dúos musicales, teniendo como respaldo rítmico y armónico al resto de los instrumentos reunidos. Además se logró armonizar los dúos, dando a la instrumentación una riqueza sonora no alcanzada antes o en conjuntos menores.

La orquesta típica

El ingreso, aceptación e incorporación del bandoneón de manera definitiva, sirvió para darle al tango más sonoridad, melodía y lentitud, marcando el ritmo. Así se facilitó la coreografía más elegante en sus figuras. Junto a la nueva estructura sonora, se inició la importancia del cantor solista. Por las deficiencias técnicas existentes, para propalar la voz se recurrió a megáfonos de hojalata o cartón que ayudaban, pero no resolvían el problema de extender el radio de acción sonoro, sin causar distorsión, de la voz humana. La aceptación progresiva del tango en sectores cada día más amplios de la población y muy especialmente entre la clase media, con buenos niveles adquisitivos, ayudó a aumentar la concurrencia a teatros populares donde el tango estaba instalado, la compra de piezas de música impresa y los discos de tangos grabados aquí o en el extranjero. Todo este fenómeno social-económico, se hizo sentir y repercutió haciendo que muchos músicos se animaran a formar conjuntos para actuar en los barrios, multiplicando las vías de difusión. Esto a su vez influyó para que muchos se incorporaran como compositores de músicas y/o letras y también como cantores. La propagación en horizontal y vertical de los cultores del tango, con variaciones culturales y capacidades interpretativas hizo que dentro del panorama general tanguero se fueran perfilando estilos y modalidades que finalmente se consolidaron en los principales. Al mismo tiempo y a medida que conjuntos y lugares lograban arraigar en la preferencia del público, se fue sumando a los conjuntos el piano. Por su tamaño y peso era imposible de trasladar fácilmente y por ello la instalación en determinados lugares y su incorporación permanente a los conjuntos tangueros provocó una elevación de la calidad musical de los intérpretes, pues si bien se podía ejecutar piano por intuición, se lograba de él mayor sonoridad, variedad y calidad, cuando se tenían estudios de piano. Esto mejoró de manera definitiva la estructura sonora y calidad musical de los conjuntos, al darles una base de fundamental importancia, para permitir el floreo de violines y bandoneones en solos o dúos con cualquiera de ellos.

Dentro de los estilos interpretativos, uno sintetizó la corriente de brindar un ritmo rápido, marcado, influenciado por la milonga, que se puede llamar, por generalización, *estilo Canaro*. El otro es el que prefirió la preeminencia de la melodía, haciendo la pieza interpretada más agradable al oído, más fácil de bailar, pues tenía buen ritmo marcado, pero más lento, y al mismo tiempo facilitó las posibilidades sonoras del cantor. Al aumentar la lentitud, en el *estilo Firpo*, gran cantidad de público se declaró partidario del mismo. Pero ambos estilos eran aptos para oír y bailar. El primero para bailar rápido, con figuras intrincadas, era el estilo del veterano y del profesional. En cambio el segundo, era el estilo del principiante para bailar lento, seguro de los pasos simples que se daban. Fue de alguna manera el tango de los bailes familiares. No presentaba poses, figuras ni amaneramientos, que ponían en duda la moral de quienes lo practicaban.

También en estas dos décadas, la introducción del tango en los salones de las casas de ricos se hizo aceptando las reglas de juego impuestas en el comportamiento laboral. Se aceptó recibir orquestas de tango, a cambio de que los músicos estuvieran vestidos de frac y cuello palomita, corbata de moño negro, zapatos charolados de taco bajo. Además debían comprometerse a no beber alcohol en las horas que durase el baile, ni intercambiar conversaciones con la mujeres concurrentes, para evitar las palabras del lunfardo o peores. Tal era el prestigio de los músicos de tango, dentro de los ambientes familiares de la clase dirigente.

Algo parecido, pero para dar color local, fueron los contratos de presentación en el extranjero. En ellos se exigió la vestimenta de gaucho, con botas de potro, espuelas y ponchos a los hombros.

Lo más señalado de esta época es el alejamiento del tango de los lugares que fueron sus orígenes y refugios: los conventillos y los prostíbulos. Ya no era necesario para vivir y prosperar, pues había sido bien recibido en los hogares de la clase media y alta. Ha habido un trasvasamiento en el que se fueron decantando y puliendo las aristas agudas e irritantes, para presentar aspectos definidos pero suavizados, sin agresividad. El tango empezó a adecentarse, a hacerse éticamente consentido.

Revisando las publicaciones periodísticas de la época es posible encontrar junto a anuncios sobre bailes o reuniones sociales en los barrios (con indicación de quienes tenían la animación, rifas y concursos), avisos referidos a atender y curar afecciones variadas e insólitas. En la gama de avisos de diarios y revistas, aparecen remedios para la sífilis, la debilidad muscular, la impotencia, los nervios, la tuberculosis, el alcoholismo, la morfina y los dolores musculares.[83] Estos avisos demuestran dos cosas: la existencia de esas enfermedades y la impotencia de la ciencia médica para curarlos.[84] También es posible comprobar que para los primeros años del siglo, la prostitución masculina se ejercía de manera encubierta pero pública. Basten como ejemplos: la existencia de un lujoso café ubicado en la calle Maipú, entre Corrientes y Sarmiento, de la mano de los impares. Estaba atendido por *camareras* que eran hombres vestidos de mujer, que practicaban la prostitución masculina. El otro ejemplo es el apresamiento realizado por Falcón, siendo Jefe de Policía, de un grupo de homosexuales a los que dejó en libertad después de unos días, sin haberles aplicado torturas físicas, pero sí agravios morales al hacer pública su condición.

También para fines y principios del siglo, se conocía el consumo de drogas (cocaína) en los ambientes de la noche y entre determinados individuos. Su número, en el caso de los pederastas, no era muy numeroso, pero sí bien sabido de la policía. Los vendedores más conocidos y de confianza entre los consumidores eran Pescadito y Roca. [85] El primero manejaba un coche de plaza y por eso siempre estaba listo para ir a buscar la *merca* (derivado del nombre del laboratorio alemán Merck que la fabricaba) y de entregarla en lugares y horarios prefijados. El sobre, llamado popularmente raviol (por el tamaño y forma de la pasta italiana), costaba dos pesos, que era el equivalente a una hora tipo del salario de los obreros fabriles. Además en algunas farmacias la vendían aceptando recetas falsas, sabiendo que lo eran. La policía nada podía hacer por la deficiente legislación sobre la materia. También Marambio Catán informa que en Rivadavia y Salta, para 1920, estaba el Café La Puñalada. Allí concurrían actores teatrales, periodistas, autores, músicos de tango, redobloneros, "fiocas", aspirantes a fiocas y prostitutas. Allí el consumo de la coca era normal y cotidiano. En el Julien, en los cafés de Libertad y Cerrito o en Barrio Norte, en Riobamba y Santa Fe, en los cafés nocturnos de Avenida Alvear y en Avenida Vértiz, había venta y consumo de cocaína. Para evitar la molestia de las requisas policiales, se la disimulaba en los saleros.[86] Todos estos lugares mencionados eran frecuentados por personajes del tango y en muchos de esos cafés funcionaron orquestas de tango. No pretendo decir con esto que todos los tangueros eran consumidores de droga, sino que el tango era testigo de su consumo.

La calle Corrientes, entre el 700 y el 800, era una verdadera concentración de lugares de tango y para gente de tango; desde la llamada Fonda de los Artistas, donde se comía muy bien y barato, hasta el más humilde café, en todos, la concurrencia la formaban redobloneros, periodistas, quinieleros, cómicos, gente de letras, empleados judiciales, pequeros, fiocas, bailarines, cantores, coperas, bailarinas, cantores, músicos y cantantes. El lugar preferido por la tarde era el Ideal, siendo la mayoría de su clientela gente de tango. En el Royal Pigall, el cabaret de moda, se tocaban tangos. Para darle más animación se lo remodeló lujosamente y, después de su reapertura, era obligación beber champagne importado pasada la medianoche, que era la hora más o menos cierta del cierre de los teatros y del descanso de las orquestas. Las mujeres de este cabaret eran contratadas por su juventud y belleza. Se las llamaba "amantes del tango y el dinero", por ser muy buenas bailarinas de tango y especializadas en desplumar a los clientes. La nota *chic* o *snob* la daban fumando en público y levantándose las polleras hasta las rodillas, cuando estaban sentadas.

De patotas y patoteros modernizados

Se ha comentado precedentemente acerca de algunas actividades de patoteros. Con el paso del tiempo, fueron cambiando y modernizando sus métodos o maneras de diversión. Si para la década del 1880 o 1890, según Soiza Reilly, se paseaban en coches a caballo alquilados como remises, con el advenimiento de los automóviles, se mecanizaron. Los patoteros también fueron llamados "indios" y a sus agrupaciones "las indiadas"; ocasionalmente se los tildó de "cajetillas" y cuando concurrían a los clubes sociales de su clase, "sportman" o "clubman".

Usaban los autos para asustar a los transeúntes, subiendo a

las veredas. Como casi siempre conducían en estado de ebriedad, provocaban accidentes leves o graves. También atropellaban y rompían las sillas y mesas que en los barrios se sacaban a la vereda para aprovechar la fresca, a la caída del sol. Como en los casos señalados en páginas anteriores, las violaciones de la indiada quedaban disimuladas en las marañas de vinculaciones familiares, políticas y burocráticas.

Además, los patoteros siempre estuvieron vinculados con los rufianes de manera indirecta. La mayoría de los lugares preferidos por los cajetillas para reunirse y realizar sus fiestas, fueron propiedad de esta clase de vividores, que además de participar en el comercio de la trata de blancas, estaban vinculados con la importación y venta de drogas. También tenían relaciones delictivas con reducidores de objetos robados y eran hábiles intermediarios en el artilugio de obtener documentaciones falsas para la habilitación de cafés, bares o prostíbulos. Uno de los principales rufianes de esta década de 1920 fue el llamado Amadeo. Entre sus actividades tuvo la propiedad de locales de baile muy conocidos y aún recordados, uno de ellos ubicado en la calle Paraná y prostíbulos en la calle Uruguay, metros antes de Córdoba. Era alto, de muy buena presencia física, vestido siempre a la moda, con trajes de casimir importado; lograba eludir el trabajo de la policía por intermedio de sus vinculaciones políticas a las que servía en las épocas de elecciones. En alguna oportunidad, para tener en alguno de sus lugares de baile la orquesta del momento, llegó a pagar la retribución de seis meses por anticipado. Nunca aceptó firmar contratos con nadie por nada. Decía que su palabra era suficiente, al tiempo que se llevaba la mano a la cintura, como buscando un arma, que nunca portó.

Otra de las hazañas de los patoteros fue llevarse mujeres menores de edad a sus departamentos reservados o "cotorros" y abusar de ellas con engaños, a la fuerza o usando drogas.

La transformación del tango dentro del tango

El mejoramiento de las condiciones de vida en la Argentina en general y de la clase media en especial, permitió que las y los jóvenes, pudieran cumplir ciclos de estudios secundarios, al mismo tiempo que seguían estudios musicales. También hay que agregar que siguieron estudios musicales superiores, perfeccionándolos en Europa por medio de becas o por fortuna familiar. Todos ellos de manera directa o indirecta contribuyeron a elevar la educación musical y con sus aportes a la música clásica o popular permitieron superar en esta última, la etapa intuitiva. De todos esos músicos formados en el estudio sistemático que se acercaron al tango, es posible mencionar a algunos de la importancia de Juan C. Cobián, Osvaldo Fresedo, Osvaldo Pugliese, Julio y Francisco de Caro, etc. Por distintos caminos, ejecutando diversos instrumentos y aun con disímiles concepciones musicales, enriquecieron la música popular que aún tenía fuertes resistencias en algunos sectores sociales. La mención de esos músicos y de otros que quedan en el anonimato, no significó la erradicación total del músico intuitivo, o que todos los músicos dedicados al tango tuvieran títulos académicos habilitantes. Su cultura musical sirvió para encauzar la potencialidad musical de los intuitivos, obteniendo de ellos mejores resultados al indicarles modalidades, pequeños secretos de los instrumentos, para obtener mejores resultados musicales. Al mismo tiempo, su cultura sirvió para aniquilar las resistencias que el tango provocaba en sectores cada día más reducidos. Al jerarquizar la música popular del tango, lo pusieron a la altura de aquellos que habían estudiado música y que podían entonces valorar, evaluar o criticar técnicamente las composiciones.

Esta transformación del tango dentro del tango tuvo un importante aliado. El 8 de noviembre de 1926 se inició en Buenos Aires el sistema de grabación eléctrico, superando al anterior sistema de grabación acústico o mecánico que había imperado hasta entonces. No sólo se superó técnicamente el sistema, sino que por su intermedio se mejoró la calidad sonora de las reproducciones, al mismo tiempo que simplificó el sistema, abaratándolo y posibilitando su producción a escala industrial, para satisfacer las demandas crecientes de un mercado ávido de escuchar y bailar tangos. Este avance tecnológico abrió otros campos, para la formación de nuevos conjuntos musicales y atraer a muchos para la producción de letras y músicas nuevas, y finalmente acercó al tango a mujeres y hombres, que con condiciones o sin ellas, intentaban incorporarse al mundo tanguero como cancionistas o cantantes.

Contribuyeron también en la popularización masiva del tango los cabarets. Estos locales se iniciaron en Buenos Aires para 1910, por influencia francesa. Eran lugares para oír y bailar y la atracción se lograba con mujeres jóvenes, buenas bailarinas y complacientes, para complementar la calidad de los conjuntos que en ellos actuaban. Los buenos conjuntos de tango eran buscados y disputados para que actuaran en ellos, pues resultaban la atracción principal. Sin una buena interpretación de tangos, aun cuando las mujeres fueran de primera, el negocio no daba los beneficios esperados. También se mantenían a un cierto nivel, poniendo impedimentos para el ingreso indiscriminado, por los precios cobrados por el consumo de bebidas, con lo que se alejaba a los carentes de dinero. La clientela seleccionada por el poder adquisitivo era casi siempre formada por gente de la noche, a la que no se le pedían cuentas de los medios usados para obtener dinero, sino de tenerlo y gastarlo en el local.

En un renglón inferior, pero no despreciable, por el impacto masivo de la concurrencia, estaban los salones de baile, donde se cobraba la entrada a los hombres que concurrían; las mujeres tenían entrada gratis. En la mayoría de ellos en la puerta de entrada, en lugares muy visibles, había carteles indicando que la empresa se reservaba el derecho de admisión. Los precios por la bebida en estos locales eran mucho más accesibles por lo que la concurrencia la formaban jóvenes de la clase media-media y baja.

Estos locales se dividían en dos categorías. Los que brindaban música grabada y los que presentaban conjuntos contratados.

También sirvieron y en una medida muy importante, para la

difusión del tango, las transmisiones radiales. La primera de estas audiciones se realizó en 1920, por un grupo de pioneros, desde el Teatro Coliseo, irradiando *Parsifal*, por el sistema radioeléctrico. Desde entonces se multiplicaron las radios, recibiendo del público el apoyo masivo, al adquirir aparatos de radio para tener en la casa la música y la voz preferidas.

Finalmente hay que agregar que el tango fue requerido por la industria cinematográfica para incorporarlo, como acompañamiento de sus producciones mudas en la época inicial, para entretenimiento del público y luego, al hacerse películas sonoras, para incorporarlo a sus producciones. En esos momentos iniciales, el tango cumplió un papel parecido al cumplido en el teatro. Muchas películas se basaban más que en el argumento, en los tangos ofrecidos, interpretados por los mejores conjuntos de esos años y en la presencia de los mejores vocalistas, fueran varones o mujeres. Hay películas de esta etapa inicial del cine, en las que los argumentos se preparaban para dar lucimiento a las músicas y las letras interpretadas. La primera película sonora argentina es de 1932 y para esa fecha el cine sonoro ya había iniciado su desarrollo como industria en Estados Unidos. Por ello, el renglón de trabajo para los músicos se amplió con el cine, al llegar éste a las más aisladas y lejanas poblaciones.

La década del '30

En los años iniciales del siglo actual uno de los ideales de la familia tipo argentina era que sus hijos terminaran la escuela primaria, para tener acceso a ocupaciones bien remuneradas. Saber leer y escribir correctamente, y dominar las cuatro operaciones elementales de suma, resta, multiplicación y división, eran la antesala para poder aprender a escribir a máquina. Lo primero abría las puertas de los puestos en los comercios, en sus ocupaciones administrativas, o los niveles bajos de la administración pública, para iniciar la carrera de ascensos por años y méritos.

Con la segunda enseñanza, se podía tener acceso a los

Bancos, empresas exportadores de granos y cereales o a los cargos iniciales de la Justicia. Quedar sin estas condiciones elementales, era quedar relegado a los trabajos corporales, con muy restringidas posibilidades de ascenso social.

Esta idealización simplista del adelanto material y del progreso social, fue quebrada y destruida la mañana del 6 de setiembre de 1930, con el golpe uriburista que terminó con sesenta y ocho años de continuidad constitucional. Siguió la aplicación del miedo, el terror, los encarcelamientos, las torturas, el robo de libretas de enrolamiento, el fraude electoral desembozado y la proscripción política, en breves palabras: la violación de los derechos humanos. Los valores éticos sustentados hasta entonces por la sociedad argentina fueron barridos por la arbitrariedad usada como método y sistema. Acompañaron a esta moral quebrada los escándalos políticos protagonizados por Fresco, Barceló, Pito Blanch y muchos más, al tiempo que los negociados se urdían, con trapisondas millonarias en las exportaciones de carnes, la compra de tierras en el Palomar o las concesiones eléctricas. En el extremo opuesto de la escala social, florecieron los cuentos del tío, como la venta del buzón, el alquiler del tranvía, el cuento del legado, del billete de lotería premiado, las ventas de camisas que sólo tenían el cuello y los puños.

También la década de 1930 fue la de los robos extorsivos, de las guerras entre bandas de mafiosos, los cambios de caballos en las carreras, etc. Esta situación de baja moral se reflejó en las letras de los tangos, quedando algunas de ellas hasta nuestros días. La misma década es también la de la influencia del cine norteamericano que copó casi por completo el mercado con su música de jazz. Como suave compensación hizo presentaciones de películas donde se incorporó al tango con un ritmo bailable y una coreografía que nada tenían que ver con el original y mucho menos con el que se bailaba a diario en Buenos Aires y el interior.

Contribuyeron a consolidar al tango, las estaciones de radio que proliferaron en esta década. Todas trataron de presentar los conjuntos o cantores con acompañamiento musical, en vivo, empeñándose en una verdadera lucha por lograr los contratos que les brindaran la exclusividad. Triunfaron las que podían pagar los mejores estipendios. Por ello quedaron las radios de primer nivel y las de segundo y tercera importancia, en cuanto a los escuchas que lograban concentrar en cada emisión radial.

Los bailes proliferaron a todo nivel. Los preferidos por la clase media en el centro fueron los realizados en los salones de Unione e Benevolenza, Italia Unita, Salón Augusteo, Casa Suiza, Salón Argentina y otros más. En los barrios concentraron las mayores simpatías, los realizados por los clubes deportivos, sobresaliendo los que tenían equipos de fútbol. En la mayoría de estas reuniones bailables, concurrían empleados y chicas de los barrios, pues eran reuniones familiares, ya que la mamá o la tía estaban siempre presentes.

Para los bailes de la clase media-media estaban los bailes en el Marzoto, Germinal, El Nacional, etc. Los bailes para los más pobres se realizaban en los clubes de barrio de muy poca representatividad, que casi nunca tenían deportes, pero casi siempre alguna carpeta benévola.

Los realizados para la prostitución femenina se hacían en el California, El Avión, Moulin Rouge y los cabarets y salones ubicados en Paseo Colón o 25 de Mayo, desde Belgrano hasta Córdoba. Eran frecuentados por los tratantes de blancas en busca de mujeres para sus prostíbulos del interior, marineros, obreros, pequeros, quinieleros, boxeadores ya fuera de cartel y jockeys poco conocidos. Casi siempre la clientela la formaban en estos lugares, elementos que lindaban con el delito o vivían de él.

También había lugares de baile distribuidos por toda la ciudad: eran los llamados "cafés de levante", entre los que se destacaban el Olimpia, Torre de Oro, Buenos Aires, Ebro, 36 Billares, La Giralda, etc. El Parque Japonés se distinguía por las *vistas* manejadas a manivela, que permitían la visión de escenas eróticas y las chicas que trabajaban en los puestos o kioscos de juegos y esparcimientos, que en las noches de poca concurrencia "atendían" a la clientela después de ciertas horas, debajo de las tarimas, aisladas por las cortinas que llegaban al piso. Otros lugares de levante fueron las lecherías de la Avenida de Mayo. En ellas era posible encontrar una prostituta o un homosexual. Todos estos lugares mencionados tenían en común la prostitución y la irradiación de música en base a grabaciones de los tangos más populares del momento.

También se popularizaron en esta década las amuebladas por hora, que brindaban en las habitaciones música de tangos. Asimismo fueron en incremento los departamentos alquilados por varios hombres que se turnaban para ocuparlos *(El bulín de la calle Ayacucho)* llamándolos cotorros o *garçonniéres*.

Esta década, además de la degradación moral, presentó algunas variaciones interesantes. El adelanto técnico permitió el uso de los micrófonos desplazando a los megáfonos. De esa manera, con el nuevo adminículo, la voz del cantor y el sonido de la orquesta llegaban más lejos, con claridad, sin distorsiones e influyó en las transmisiones de radio al permitir mejor calidad en los sonidos musicales o humanos, al grado de que en algunas radios, cuando los conjuntos eran muy numerosos, por la cantidad de músicos o los coros, se utilizaran dos o tres micrófonos al mismo tiempo, para una mejor y más completa captación e irradiación de los sonidos.

En cuanto al baile popular, predominaba el baile liso, sin figuras complicadas, marchando hacia adelante, siguiendo el contorno del salón, en el sentido de las agujas del reloj. La pareja era guiada por el brazo y la mano derecha del hombre puesta en la cintura, sin brusquedades. En realidad, la coreografía del tango se basa en tres premisas fundamentales: el brazo masculino, que abraza a la mujer, es para dirigirla, no para apretarla; el cuerpo del hombre, hace de soporte del cuerpo de la mujer, para que se apoye en él y acompañe el ritmo que se imprime; los pies son la libertad creadora.

Esta libertad es para hacer de cada baile una creación irrepetible por la inventiva puesta en él. Ese fue el secreto de los grandes bailarines como El Cachafaz, o el Vasco Aín. Todos coincidieron en la esencia tanguera y se diferenciaron en la creación personal de sus respectivas coreografías o estilos de baile. Estas coreografías eran para crear espectáculos visuales, es decir, para ser vistas, no para ser bailadas por los otros. Fue una creación privada de cada uno de los bailarines, posible de imitar, difícil de transmitir o enseñar.

La prostitución organizada

El escándalo y la indignación que acompañaron a la divulgación de las actividades de la Zwi Migdal fueron la culminación de un proceso formado a través de los años y dejado de lado por las autoridades: la prostitución organizada. Ya he mencionado antes la organización de la trata de blancas para 1895. Para mediados de la década de 1910 se estimaba que Buenos Aires era la ciudad que tenía más prostitutas y que la organización de las bandas delictivas para explotarlas, no tenían comparación en las otras naciones.[87] Como antecedente, son posibles las menciones de los libros de Batiz, el de London, o la *Guía de Buenos Aires* para 1886.

En realidad la Zwi Migdal, de acuerdo con el libro de Alsogaray y de otros, publicados con posterioridad, era una empresa comercial y financiera, con raíces y conexiones internacionales, que abarcaba hasta los pueblos y poblados más pequeños de Argentina. (No confundir las actividades de esta organización con la comunidad judía.)

La información aportada permite comprender la hondura de este sistema de explotación y la crueldad empleada para obtener el sometimiento incondicional de las mujeres atrapadas en el engranaje explotador. Otro aspecto que quedó al descubierto, fue la profunda corrupción de algunas autoridades y el tráfico de drogas, lo mismo que la persistente propagación de las enfermedades venéreas. Paralelamente y como empresa privada –tesitura defendida por ciertos políticos y algún sector de la Iglesia, argumentando la defensa del derecho individual, como base fundamental del liberalismo sin la existencia del explotador– en esta década de 1930 hubo mucha prostitución individual. Las mujeres concurrían a los salones de té, chocolaterías, oficiaban de pedicuras y peluqueras a domicilio. Hubo muchos prostíbulos con una sola mujer que ejercía por su cuenta. Estos establecimientos individuales, como las mujeres aisladas que ejercían la prostitución, proliferaron en el centro y no fueron escasos en los barrios periféricos. Por ejemplo, en el Pasaje Rauch, en la calle Bartolomé Mitre desde Callao hasta Libertad y en Uruguay desde Perón hasta Córdoba fueron muy conocidos.[88] La variantes es que en la calle Bartolomé Mitre predominaron los hoteles y pensiones, donde las troteras vivían, no trabajaban. Tenían sus apostaderos en los bares y cafés de la zona, donde daban citas a los clientes o esperaban la llegada de algún candidato, para luego acudir a las casas de citas o amuebladas.

El tango, en muchos de sus autores, reflejó en la variada gama de sus composiciones el ambiente de descrédito y de quiebra moral que imperó en esta década. *Cambalache, ¿Donde hay un mango?* y otras piezas fueron el fiel reflejo que ha persistido en el tiempo.

Las autoridades por intermedio de publicaciones de algunas reparticiones reconocieron la existencia de 300.000 desocupados, a nivel nacional, para 1935, y cálculos no oficiales elevaban la cifra a 3.000.000. Buscando un equilibrio entre ambas, puede estimarse en 1.300.000 la cifra correcta a nivel nacional. De todas maneras son muchos los desocupados para una Nación no desarrollada armónicamente y sin seguro de desocupación.

Las publicaciones del Departamento Nacional del Trabajo en estos años del 30 o en trabajos serios y científicos,[89] demuestran con estadísticas y argumentaciones, que la clase obrera debía rascar los bolsillos para poder comer, no lográndolo muchas veces. Los gastos de una mujer joven en pinturas para labios, coloretes o peluquería, eran reducidos o simulados al grado de no significar nada en el presupuesto considerado como tipo y además considerados como extravagantes por autoridades encargadas de levantar las encuestas domiciliarias.

Una muy apretada síntesis de estas estadísticas oficiales informa que el salario ganado por el peón industrial casado, con dos hijos menores, formando la llamada *familia tipo* de ese entonces era gastado en un 58% en alimentación, 20% en el alquiler, 10% en indumentaria, 8% en gastos generales y el resto

4% en menaje. Paralelamente las estadísticas de un empleado administrativo con familia tipo, también pasaba apretujones para llegar a fin de mes. Entre los gastos anotados figuran los estimados en ropa y no en cultura o educación. También se advierte que se reducían los gastos destinados a la alimentación o se adquirían alimentos más baratos, gastando en cosmética lo ahorrado. Es posible que la clase media prefiriera estrecheces dentro del hogar, para aparentar en la calle una situación desahogada. Finalmente los informes de los inspectores del Departamento Nacional del Trabajo son reveladores de las penurias y privaciones, sin descartar las miserias que los bajos salarios imponían a muchos jóvenes, fueran varones o mujeres. De la información recogida en ellos o la suministrada en otras fuentes, es posible comprobar que muchas mujeres jóvenes que trabajaban de sirvientas fueron embarazadas por los hijos de la familia para la que se conchababan. Las dueñas de casa, indignadas, las despedían, sin importarles las operaciones abortivas consiguientes o el camino abierto de la prostitución que provocaban al no ampararlas, protegerlas u orientarlas.

Este ambiente de miseria material fue caldo propicio para reclutar mujeres para la Zwi Migdal. Sobre ella se ha puesto el acento de indignación y crítica, por el engaño con que lograban traer mujeres jóvenes de zonas ocupadas por Rusia en Polonia, la mayoría de ellas de origen y religión judíos, como lo era la cúpula dirigente de esta sociedad. Esta religión y este origen racial han difundido la idea de que la Zwi Migdal era una organización judía para la explotación de mujeres judías. En realidad fue una organización de malhechores para la explotación de mujeres. Era una reunión de delincuentes que si bien no admitían el ingreso a los cargos directivos a otros que no fueran judíos, no tenían ningún escrúpulo en tener tratos comerciales con no judíos, que solicitaban mujeres para los prostíbulos del interior. Tampoco tenían inconveniente en reclutar argentinas, uruguayas, francesas, egipcias, etc., siempre que se sometieran a las reglas impuestas en la organización. Por ello la Zwi Migdal es condenable no por ser manejada por judíos, sino por ser una organización para la explotación de las mujeres, sin tener en cuenta raza, religión, color, educación, siempre que les rindieran el dinero que necesitaban para otros negocios. Si bien la dirigencia de la Zwi Migdal ponía mucha atención para traer mujeres judías con engaños, el número real de mujeres así logradas fue reducido (no más de 1.000). En cambio, las mujeres no judías que estaban trabajando para la Zwi Migdal en los prostíbulos de Buenos Aires, eran más de 5.000. En el libro de Alsogaray figuran los domicilios de esos prostíbulos y otros estudios posteriores han logrado estimar más correctamente la cantidad de esas mujeres, como también la totalidad –como aproximación– de las prostitutas en ejercicio activo para la fecha del cese de esta sociedad.

Entre éstos figuraba la importación y venta de drogas, la reducción de objetos robados, la formación de guardias armadas para la defensa de los prostíbulos que controlaban y alquilaban cuando algún rufián los necesitaba, para poner orden en su propio negocio.[90]

El conventillo que subsiste

Para 1938 y algunos años después, en la calle Warnes al 600 había una vieja casa que perteneció a la familia Balcarce. La entrada daba paso a un largo pasillo con puertas a los costados. Cada puerta era la entrada de un departamento de dos o tres piezas, cocina, baño y un pequeño patio. En algunos fue aprovechada la altura de los cielos rasos, para construir entrepisos y ampliar las comodidades. Pasados los años, en la década de 1940, estos entrepisos fueron usados como habitaciones precarias para dar alojamiento a algún inquilino, como una forma de aumentar el magro ingreso mensual del inquilino o propietario del departamento. Las construcciones así divididas en departamentos, fueron llamadas originalmente casas de renta o casas colectivas de familias, cuando en realidad eran conventillos mejorados y disimulados.[91] En la actualidad, caminando por ciertos barrios es posible encontrar muchos conventillos subsistentes. En algunos se disimula la presencia al haber convertido la pieza que da a la calle en algún negocio o kiosco, pero el edificio aún mantiene las líneas generales del frente que se presenta liso, sin adornos ni cornisas, que responden al estilo italiano tardío que predominó en ellos. Estos detalles sirven para ubicarlos en la actualidad. También son posibles de reconocer si se traspone la puerta de entrada, pues de inmediato aparece el corredor, característico del conventillo chorizo, pues a pesar de las modificaciones introducidas, se mantiene la estructura inicial. En muchos de estos conventillos, casas de renta o como quieran llamarse en la actualidad, encontraron domicilio muchos hombres del tango, que no habían logrado instalarse en el centro.

Otros conventillos famosos en Villa Crespo fueron los ubicados en la calle Antezana 44, Serrano 146-158, con salida a Thames 152. Posiblemente éste fuese el conventillo más grande de la ciudad, por la cantidad de personas que vivían él. Les siguen en importancia los conventillos de Padilla al 700 y el ubicado en el Pasaje Cañuelas entre Padilla y Murillo. En este último se ejercía la prostitución en cada una de sus piezas y en algunas noches de sábado bailes populares, para atraer clientela. Es también de Villa Crespo el conventillo llamado El Nacional. Fue construido para dar alojamiento a los obreros de la fábrica del mismo nombre. Se caracterizó por la mala calidad de sus materiales, la escasa comodidad, la falta de higiene y la baja moral de sus habitantes. Alberto Vacarezza, hombre del teatro y de tango, ubicó en él a la protagonista de su sainete *El conventillo de la Paloma*. Para finales de 1930, aún era posible ver algún compadrito subsistente.

Manuel Gálvez ha dejado su descripción con estas palabras: "...el traje negro cuyo pantalón es ancho; pañuelo de seda al cuello, chambergo de alas caídas; el zapato de punta y angosto, floreado hacia la mitad posterior a modo de encaje burdo; la alta hombrera en el saco; constituyen la característica de su indumentaria..."[92]

Otra descripción lo presenta: sombrero gris, con cinta o ribete negro. Ala quebrada sobre el ojo derecho, saco negro entallado, de tres botones. Camisa blanca. Corbata negra. Pantalón gris, liso (sin bocamanga), estrecho para permitir la caída sobre el zapato encharolado. Polaina gris. Si no usaba polainas, los zapatos se abotonaban sobre el costado derecho con botones de nácar. El rostro casi siempre estaba pálido, acentuando la palidez con talco o tiza. Patillas largas hasta la quijada. El pelo largo se peinaba sin raya hacia atrás. Para darle forma y mantener el peinado, se usaban vaselina, betún o gomina.[93] Solían concurrir a lugares como El Morro, ubicado en Yrigoyen y B. de Irigoyen, donde había despacho de bebidas, anexado al almacén, o a El Rivero, en la calle Corrientes. La policía poco a poco los fue raleando de las calles hasta hacerlos desaparecer de la ciudad. Salvo excepciones, eran pacíficos ciudadanos que no violaban ninguna ley, y entonces, como no se los podía encarcelar por ningún delito, ni violación de ningún reglamento, se recurrió a cortarles el pelo de un solo lado, usando una tijera de tusar caballos o cortarles un taco, con un hacha. Al dejarlos en libertad eran el objeto de las miradas de todos y por ello hacían el ridículo público.

La indumentaria indicada ha sido tomada como modelo para los actuales bailarines de tango que actúan en espectáculos públicos, películas, televisión y en escenarios internacionales como uniforme de bailarín, sabiendo o no, que es la figura del compadrito la que en realidad se evoca, ya que los grandes bailarines del pasado también lo fueron, como una manera de asentar su prestigio de bailarín, no de compadrito. En cuanto a la ropa usada por las bailarinas que los acompañan, largas serían las disquisiciones y en lo referente a la manera de bailar hay que reconocer que en la actualidad, más que un baile, es una demostración de habilidad física, pero sobre gustos no hay nada escrito, decía una vieja mientras...

La década del '40

En lo que corresponde al tango, esta década giró en torno de la radio. Su difusión y popularidad hizo que la Argentina llegara a ocupar el tercer lugar entre las naciones del mundo, detrás de Estados Unidos y Japón en la relación entre habitantes y aparatos de radio. Las estaciones de radio o emisoras superaron las dos docenas en la ciudad de Buenos Aires. En ellas convergían los llamados *números vivos* para interpretar la música popular, fueran tangos o no. Todas se disputaban la presencia de los principales conjunto musicales, como también de los solistas, y como en la década anterior, triunfaron las que estaban en mejores condiciones de pagar los más levados sueldos. Así quedaron tres radios importantes y el resto fue relegado a la categoría de segundo o tercer nivel, tanto en materia de tangos, cuanto en radionovelas, anunciantes, escuchas, etcétera.

En los pueblos del interior, donde no había emisoras de radio, existían empresas que transmitían publicidad y música por medio de parlantes fijos o móviles. Se intercambiaban las tandas publicitarias con tangos grabados. En los domicilios particulares, los aparatos de radio, grandes y pesados, se habían modernizado en cuanto al diseño, ya que seguían funcionando con válvulas. Muchos niños curiosos fueron sacudidos por descargas eléctricas al tocar estas piezas que daban luces de colores.

Fue tanta la atracción de la radio en esa década, que todo evolucionó de acuerdo con su penetración en el público. Para triunfar artísticamente o para vender algún producto, había que alcanzar el triunfo por intermedio de la radio. Esto era vigente para los conjuntos de radionovelas, que tuvieron su época de oro en esa década y en la anterior, anunciantes, *chansonniéres*, vocalistas, conjuntos, orquestas, solistas o jabones de lavar la ropa. De acuerdo con la acogida que se tenía en las preferencias de la audiencia, era el éxito o el fracaso en los bailes, teatros, cabarets, cafés, y la venta de discos grabados con las piezas trasmitidas por la radio. Hubo en esta década como mínimo 25-30 orquestas o conjuntos de tango de primera importancia en Buenos Aires. Sólo cuatro marcaron rumbos musicales, o estilos. Fueron las dirigidas por Carlos Di Sarli, Juan D'Arienzo, Aníbal Troilo y Osvaldo Pugliese. En ellas se concentró la atención y simpatía de oyentes y bailarines de tango. Otros conjuntos también tenían sus seguidores, pero no llegaron a representar la mayoría de la preferencia popular. Esto se puede constatar en los números de discos vendidos por las orquestas que grabaron en esta década.

En los pueblos del interior por influencia de los discos y de la radio, se formaron orquestas o agrupaciones menores, para atender los bailes locales y de otros pueblos. Muchas de estas agrupaciones no se formaron para interpretar sólo tangos. Con el agregado o salida de algún instrumento o ejecutante se convertían en jazz o las llamadas orquestas características, capaces de ofrecer al público bailarín un paso doble, un vals vienés o la marcha nupcial. En esta modalidad se distinguió Feliciano Brunelli.

En Buenos Aires, los cafés dedicados a ofrecer música de tango abundaron, especialmente en la zona céntrica, tradicionalmente tanguera. Eran locales para escuchar música, nada más y casi siempre a un solo conjunto por noche. Era común encontrar sobre la vereda gente agolpada escuchando la música de la orquesta contratada, cuando la capacidad del local se colmaba.

En la década de 1940 el tango llegó a su plenitud como atracción en el gusto popular.[94] En ella ninguna parte de la sociedad argentina se resistió, rechazó o dificultó su difusión, desapareciendo las opiniones condenatorias. Se lo aceptó como era y por lo que era. Atrás habían quedado el prostíbulo, la cárcel, el conventillo, el rufián y la prostituta. Ahora el tango estaba vestido al estilo de la clase media y así se transformó en la música popular por excelencia. Superó y con creces al folklore y al jazz, aun cuando en algunas regiones del interior debió compartir con ellos los escenarios. Ese avance y esa consolidación se realizaron en los años que significaron para el pueblo en general, épocas de bonanza social, de paz interna, de ocupación plena, de elecciones libres, de prosperidad material y de avances desconocidos en materia social.

Después del alto nivel alcanzado, se inició la declinación sensible a partir de la década de 1950. Coincide este declinar con la iniciación de los gobiernos de facto, al mismo tiempo que con otros factores ajenos: la saturación del mercado, la desaparición física de músicos, la aparición de nuevas modalidades musicales y cantables, y especialmente los cambios a nivel mundial, como consecuencia de la segunda posguerra.

De la misma manera en que la sociedad se fue transformando, al aceptar la introducción de nuevos materiales y productos, en reemplazo de los tradicionales, nuevas conductas sociológicas fueron cambiando los comportamientos, los códigos de reconocimiento social; en el tango se fueron introduciendo nuevas pautas musicales, desplazando a otras tradicionales, mejorando la musicalidad e incorporando nuevos ritmos y calidades sonoras. Estos cambios fueron rechazados o aceptados, hasta que se comprendió su significado. De a poco los tangueros fueron aceptando las nuevas formas musicales.

Persistió el tango tradicional, los nombres de los creadores o de los innovadores de las décadas del 30 o del 40, pero relegados por los nuevos conjuntos, desplazados por la nueva concepción musical liderada por Astor Piazzolla.

Aquellos que se resistieron en su momento, no comprendieron que, si en las décadas del 50, 60 o 70 consumían o empleaban productos que eran nuevos, como la fórmica o la penicilina, los nuevos estilos musicales estaban enmarcando los cambios del nuevo mundo que se estaba creando en tomo del tango y por ello eran nuevas formas de expresión musical.

En la actualidad, en las festividades o espectáculos masivos a través de los medios de comunicación masiva, se oyen y bailan las composiciones tradicionales y las nuevas composiciones musicales. Lo mismo ocurre en las presentaciones tangueras, preparadas para el espectáculo multitudinario, no para la pareja intimista. Por ello no todos podemos bailar con la coreografía actual, como lo hacen los bailarines profesionales. Tal vez no nos guste como lo hacen. Tal vez el tiempo nos ha superado en gustos, preferencias y en nuestras capacidades físicas, pero la realidad demuestra que junto a nosotros están esas nuevas formas bailables.

Carlos Gardel, punto y aparte

La importancia de Carlos Gardel en la música popular argentina ya nadie la discute. Durante algún tiempo se puso en duda su nacionalidad, lugar y fecha de nacimiento. La aparición de la partida de nacimiento puso fin a estas disputas.

Se inició como cantor en 1918 y al año siguiente formó un

dúo que le dio notoriedad: Gardel-Razzano. Debutó en el Armenonville y dos años después cantó por primera vez en Montevideo, de donde pasó a cantar en Río de Janeiro. Regresó y en 1917 interpretó *Mi noche triste*, que según los entendidos, fue el primer tango que cantó en un lugar público. Ese mismo año volvió a cantar en Montevideo, grabó discos e intervino en la película*Flor de durazno*. Realizó giras artísticas por el interior y actuó en Chile. En 1918 gravó *Mi noche triste* y *Flor de fango*, pasando de nuevo a Montevideo. Su nombre y prestigio se fue afirmando en el gusto popular, logrando aumentar el tiraje de las grabaciones y el número de piezas grabadas. En 1923 viajó a España, actuando con gran suceso. Al año siguiente, ya regresado, inició su actuación en la radio porteña Splendid. Continuó con las grabaciones y las giras al interior del país. En 1925 se separó de Razzano y volvió a viajar a España, donde grabó y actuó con muy buena acogida entre el público. Regresó en junio de 1929, después de actuar en París y grabar para el sello discográfico Odeón. Su regreso significó la participación en películas cortas, grabaciones de discos, actuaciones públicas y presentaciones en Montevideo. Volvió a Europa donde filmó *Luces de Buenos Aires* y continuó grabando discos en el sello antes mencionado. De regreso a Buenos Aires, se presentó con gran suceso en el Teatro Broadway. En 1932 inició la filmación de varias películas y actuaciones en radio. El éxito popular fue su compañero inseparable. Su popularidad se consolidaba en cada presentación. Regresó a España donde continuó grabando discos. Actuó en Montevideo de manera fugaz; regresó a Europa y actuó en París nuevamente. De allí pasó a Nueva York y actuó en la radio.

Durante 1934 y 1935 filmó sus cinco películas más conocidas y de mayor renombre con su participación como figura principal. También grabó para el sello R.C.A. las canciones que interpretó en las películas mencionadas. Inició una gira por Latinoamérica que terminó el 24 de junio de 1935 al estrellarse el avión en el que viajaba en Medellín, Colombia.

Los cantores contemporáneos a Gardel más recordados, Ignacio Corsini y Agustín Magaldi, a pesar de la calidad vocal y los demás atributos que tenían, no lograron alcanzar los niveles de popularidad de Gardel. No sé si la voz de Gardel fue mejor o peor que la de ellos, como no sé si después de su muerte hubo otro cantor mejor que él. Creo que Gardel tuvo la rara virtud de cantar gustando a la mayoría, satisfaciendo todos los gustos, ofreciendo en sus interpretaciones la manera de no provocar reparos. Los sesenta años transcurridos desde su desaparición, han servido para consolidar su nombre y su prestigio. Para aquellos que gustan de otros cantores, el nombre de Gardel y sus canciones son respetados y considerados como valiosos. Se podrá discutir la dicción, el tono vocal, la tonalidad o la manera que tenía de decir las letras, pero no se discute su importancia dentro del tango.

Hace unos meses se dieron a publicidad opiniones adversas a Gardel, referidas a su hombría y su condición de compositor de tangos.[95]

Me parece que, aun aceptando que Gardel hubiera tenido preferencias sexuales no masculinas y no hubiera compuesto o ayudado a componer un solo tango, no sirve para menoscabar el prestigio que tiene. Con todas las contras que se le pudieran adjudicar, Gardel sigue siendo Gardel.

Por otra parte, el Comisario Francisco Romay, que lo conoció personalmente y al mismo tiempo como policía sabía el contenido de sus antecedentes, sostenía que "Gardel era un buen muchacho, claro que un poco travieso, pero en ningún caso delincuente".[96] Los mismos conceptos me fueron ratificados por el Comisario Julio Gragiarena, íntimo colaborador y amigo de Romay, con quien habló muchas veces sobre el tema de Gardel.

CUARTA PARTE

Cosmovisión del tango

El tono dominante de las letras de tango es de realismo agudo, la observación que cala hondo en el alma colectiva de la sociedad en la que se expresa, al mismo tiempo que describe situaciones personales al enfrentar la problemática individual.

En las letras de tango aparecen reflejados el fútbol, las carreras de caballos, los barrios, el campo, la cárcel, la paica, el malevo, la obrerita, el prostíbulo, la mala vida, el delincuente, los bailes, los sueños y las realidades de la vida cotidiana. También tiene como característica la exaltación de la vida sin dobleces, tanto en el hombre cuanto en la mujer. Las condiciones sociales imperantes, las dificultades para alcanzar el sustento, y sobre todo, la existencia de una moral que correspondió más a la burguesía y a la clase alta que a la clase trabajadora y lumpemproletariado donde se inició el tango.

Posiblemente ello se deba a que en la Argentina predominó desde muchos antes, el acondicionamiento ético, para el ascenso social en una sociedad abierta como la nuestra.

El tema de la moral de la mujer es un tema muy fuerte en la cosmovisión tanguera. Hay tangos de elogios como en*Perfume de Mujer*. Otros, en cambio, son de crítica y de reproche. *Margot* recrimina el abandono del barrio y de la vida sencilla, para dedicarse al comercio sexual:

"Son macanas, no fue un guapo haragán ni prepotente,
ni un cafishio veterano el que al vicio te largó,
vos rodaste por tu culpa y no fue inocentemente.
Berretines de bacana que tenías en la mente
desde el día en que un magnate de yuguillo te afiló".

Enrique Delfino patentizó la trayectoria de la mujer vista con ojos de hombre, cuando dice de Milonguita:

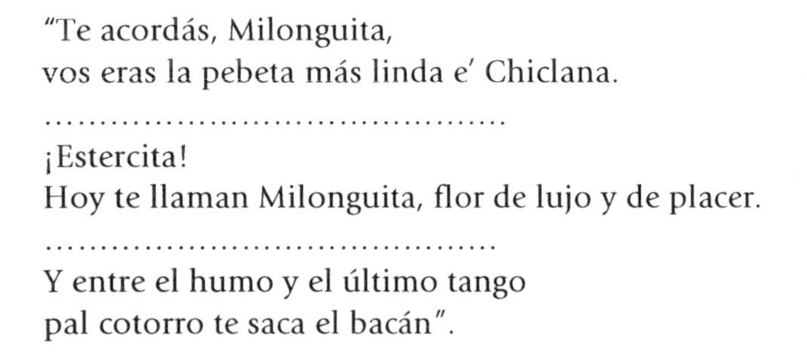
"Te acordás, Milonguita,
vos eras la pebeta más linda e' Chiclana.
....
¡Estercita!
Hoy te llaman Milonguita, flor de lujo y de placer.
....
Y entre el humo y el último tango
pal cotorro te saca el bacán".

La degradación del hombre, por el amor de una mujer, está en la proclamación de la traición, de la vileza y, como contrapartida, la autoconmiseración o autocompasión:

"Qué triste es hermano, caer derrotado,
aquella que ayer me jurara su amor,
ni ha venido a verme, ya no le intereso.
Se enturbia mi vista ... qué flojo que soy".[97]

A aquello sigue el deseo de no ser objeto de la mala opinión ajena ante el fracaso:

"D'entre su barro la saqué un día
y con amor la quise hasta mí alzar
pero bien dicen que la cabra al monte tira,
y una vez más tuvo razón el refrán.
fui un gran otario, para esos vivos,
pobres Don Juanes de cabarets,
fui el gran otario, porque la quise
como ellos nunca podrán querer".[98]

En esos versos que reúnen la baja condición moral de la mujer, desde el momento en que el hombre hacedor de la letra estimó que la dignificaba al enamorarse de ella. Si de entrada estaba la mujer en mala condición o situación moral, no podía esperar más resultados que los obtenidos, pues la persona objeto de ese amor, carecía de las condiciones para apreciar el ascenso que significaba ser amada por ese tipo de hombre, siempre siguiendo la letra del tango.

Hay veces que la traición de la mujer abre el entendimiento:

"Y ahora que cayó la venda de mis ojos
me asqueo al recordar tus lindos labios rojos".[99]

o en estos otros versos:

"mis propios ojos vieron
cómo ella le ofrecía
un beso de sus labios
rojos como un clavel".[100]

Y también esta otra expresión

"La mujer que yo quería con todo mi corazón,
se me ha ido con el hombre que la supo seducir...
....
porque todo aquel amor que por ella yo sentí
lo cortó de un solo tajo con el filo de su traición".[101]

para terminar llorando y perdonando la infidelidad:

"Si tuviste o no razón para dejarme
no lo entiende mi cariño todavía,
ni tampoco se resigna el alma mía
si te pierdo para siempre... ¡A nombrarte y a llorar!"[102]

o con esta otra variante:

"ni jugando llegarías a mostrarte tan rastrera
¡y entre lágrimas de sangre tu desprecio perdoné!".[103]

Se repite al reiterarse la posibilidad del abandono:

"Pero al verte partir
con horror te abracé
por temor de morir".[104]

También existe la ilusión de poder redimir a la mujer a fuerza de seguirla amando:

"Te quiero y me basta; por eso ambiciono
tenerte a mi lado, amar con fervor,
echar al olvido aquel abandono
y besar tu boca con loca pasión".[105]

Cuando la voluntad no alcanza se recurre a otros medios:

"Los paraísos del alcaloide
para olvidarte yo paladeé".[106]

"Tomo y obligo, mándese un trago,
que hoy necesito el recuerdo matar".[107]

Por ello y como resumen del concepto general de la degradación ética que sufre el hombre abandonado, surge una imagen que coincide con la idea de la mujer, como instrumento diabólico o satánico para hacer pecar al hombre, que en el fondo es una traslación de las viejas y ya caducas enseñanzas religiosas de ser la mujer depositaria del origen de los pecados que ensucian o destruyen la vida del mundo, iniciada este idea con la tentación de comer la manzana, el fruto prohibido. Hoy ni los más ortodoxos preconizan estos conceptos, pero hay que comprender que las letras de tango tomadas como ejemplo para esta parte, son producidas antes de la década de 1940, o sea del mundo aún conservado antes del sacudón social que se generó acompañando la segunda posguerra. Los ejemplos tomados son los siguientes:

"De las mujeres mejor no hay que hablar.
Todas, amigo, dan muy mal pago
y hoy mi experiencia lo puede afirmar".[108]

La experiencia demuestra que las artimañas de la mujer son muchas y variadas:

"Miente al llorar,
miente al reír,
miente al sufrir
y al amar.
Miente al jurar
falsa pasión".

Este consejo está dado por la experiencia ya que:

"No olvidés
cómo crees que ha de quererte
si juró que hasta la muerte
sólo mía habría de ser."[109]
"Corazón, no llorés
que no vale la pena
recordar su querer
si ella nunca fue buena."
....
"No llorés corazón
que llevo en tu latir
su maldición".[110]

Las letras seleccionadas son letras que expresan el estigma del pecado, implícito en la condición de mujer, natural y propio de los conceptos religiosos antes señalados. De esta manera, la moral social condenó a las mujeres que dieron cobijo al tango en su época inicial, sin tener en cuenta el costo que habrían de pagar por ser mujeres y por vivir en medios ambientes considerados deleznables, por aquel otro que tenía mejores condiciones materiales para solventar las necesidades cotidianas sin que sea preciso tener que emplear el cuerpo como único elemento para lograr la subsistencia. La inmoralidad del abandono, la traición, son formas veladas de las condenas a las prostitutas a quienes no se podía pedir fidelidad, pero a quienes no se nombra de manera directa por considerarlas en un estamento social despreciable, casi en condición de parias.

Otras letras demuestran el efecto que la vida y el tiempo dejan en las mujeres las cosas, y por ello al comparar la pasión pasada, con la realidad del presente, aparece el deseo de olvidar aquel viejo amor:

> "parecía un gallo desplumao,
> mostrando al compadrear
> su cuello picoteao
> ....
> Y pensar que hace diez años
> fue mi locura.
> ....
> Que esto que hoy es un cascajo
> fue la dulce metedura
> donde yo perdí el honor,
> Fiera venganza la del tiempo
> que nos hace ver deshecho
> lo que uno amó.
> ....
> Esta noche me emborracho bien;
> pa'no pensar".[111]

> "Mentira, mentira, yo quise decirle
> las horas que pasan ya no vuelven más
> y así mi cariño, al tuyo enlazado
> es sólo un fantasma del viejo pasado
> que ya no se puede resucitar". [112]

Paralelamente a los reproches aparecen las críticas ante los excesos de esquilmamiento social, en este análisis somero, no totalizador de todas las letras de tango, expresado en la manera que se adopta frente a la vida y con ello la mejor forma de resolver los problemas trascendentes del diario quehacer. Es innegable la influencia que la concepción ética de la clase dirigente ejerció sobre los compositores de las letras, ya que en un ambiente de esplendor y riqueza de esa clase, donde las especulaciones de bolsa, las coimas, los peculados, las prebendas a costa del presupuesto nacional eran la norma, muy poca rigidez se podía reflejar. De allí el planteo de las distorsiones, con su implícita crítica:

"Lo que hace falta es empacar mucha moneda
vender el alma, rifar el corazón;
tirar la poca decencia que te queda.
....
la honradez la venden al contado
que la razón la tiene el de más guita
que la moral la dan por moneditas".[113]

Porque la verdad de la vida no radica en la honradez sino en:

"Billetes, siempre billetes
lo demás son firuletes,
ésta es la pura verdad".

y como el dinero es la base de todo, cuando se tiene:

"Te sobran los amigos
si estás parado;
volvés a quedar solo,
si precisás". [114]

La reacción ante la moral falsa, las oposiciones comprobadas entre los dichos y los hechos, al mismo tiempo que se advierte que, alrededor de uno, existen fieras esperando una aflojada para tirársele encima y devorarlo:

"Cuando manyés que a tu lado
se prueban la ropa
que vas a dejar..."[115]

Es entonces cuando se comprende que el individuo no es importante para la sociedad, porque ésta se ha convertido en un ámbito hostil para el desarrollo armónico del hombre, restándole oportunidades para construir un mundo mejor, superador del pasado:

"la indiferencia del mundo
que es sordo y es mudo
recién sentirás.
Aunque te quiebre la vida

aunque te muerda el dolor
no esperés nunca una ayuda,
ni una mano, ni un favor",

porque en medio de esa desolación sin amparos solidarios, sin palabras de consuelo y esperanza, cada uno debe buscar la manera de pasarla bien, convirtiendo al individuo en enemigo de la sociedad en la que debe vivir.

"Al fin de cuentas es tan grande el mundo
y hay tantas maneras de ver y de pensar."[116]

....

"Hay una vida
y más vale vivirla
que lloraría.
Muchacha no llorés,
hay que olvidar."[117]

La filosofía práctica porteña enseña lo innecesario del trascender:

"Paciencia, la vida es así",[118]

para llegar al nihilismo en estos versos:

"nada le debo a la vida
nada le debo al amor...
la vida me dio amarguras
y el amor una traición".[119]

La gran síntesis de la posición ante la vida quedó en los versos de este tango:

"Observando que la gente
rinde culto a la mentira,
y el amor con que se mira
al que goza del poder...
Descreído, indiferente,

insensible, todo niego,
para mí la vida es juego
de ganar o de perder".[120]

El análisis total de las letras de tango da para escribir un trabajo más amplio que el presente, ya que en él sólo se desea exaltar algunos de los aspectos más salientes. Aparentemente, algunas letras de tango reflejaban la falta de interés del hombre o la mujer que escriben las letras y las cantan, en la superación, en el mejoramiento de la vida y de las condiciones materiales en que se encuentran, como si el tango fuera el reflejo nítido del contenido espiritual de una clase, de manera exclusiva, y son muchos los analistas que han caído en el error de conceptuar que el tango es nada más que el reflejo de la llamada *mala vida* de la sociedad en total. Mi concepto es que las letras de tango permiten entender la sociedad en la que fueron compuestas, desde adentro. La psicología que expresan las letras, es el reflejo de las condiciones materiales del momento en que se manifestaron. Cuando la filosofía resultante de las letras se extiende y predomina, hasta convertirse en una característica general, lo hace como resultado de interacciones entre los elementos sociales y se convierte en una ideología general. No debe olvidarse que la mayoría de las letras de tango forman parte del acervo cultural y de la literatura, por ello deben ser tratadas con mucho cuidado en el análisis. Las primitivas letras que han llegado hasta nosotros adecentadas, expresaban el mundo rudo pero real de los garitos, rancheríos, conventillos y prostíbulos, casi sin ningún atisbo de enfrentamiento o de crítica a la sociedad, por ser expresión de las condiciones tales como eran, ya que el tango en los momentos iniciales sin llegar a ser escapismo, era un medio de fácil acceso para compensar las miserias materiales de esos ambientes mencionados. Esas letras difieren cuando el tango es aprobado e incorporado por la clase media. Esta ha sido en la Argentina la clienta social y política de la alta burguesía, y por ello tomó como propios los patrones de vida, los conceptos y las valoraciones que aquélla tenía para juzgar o categorizar a la sociedad en su conjunto, haciendo las divisiones entre probos y deshonestos.

Además hay que considerar el nivel educacional de los letristas, ya que los primeros se caracterizaron por la falta de ella o con bajos niveles de escolaridad. Por lo tanto, no es posible pedirles manifestaciones refinadas y se deben aceptar los términos groseros o rudos, sin muchos vuelos literarios, pues llamaban a las cosas del mundo que conocían, por el nombre usado a diario. A medida que los letristas fueron adquiriendo educación, fueron refinando sus composiciones hasta llegar a crear verdaderos poemas, dignos de la mejor literatura, pero para ello hubo de pasar el tiempo, las generaciones se sucedieron y el mundo original fue cambiando. De esta manera, del lenguaje críptico, bien conocido y comprendido por el círculo estrecho de sus creadores y contemporáneos se ha llegado a la figura literaria, al vuelo imaginativo lleno de virtuosismos idiomáticos o literarios, aun cuando estén expresados en letras como las de los tangos: *Recuerdos de bohemia, Naipe, Rosa de tango, Fuimos, Rosicler, Uno, María, Sur,* y tantos otros que forman parte del mejor período del tango en la década de 1940-1950. Estas letras señaladas marcan la evolución literaria y conceptual, pues los mundos respectivos son distintos, ni mejores ni peores, sino diferentes. Variaron las condiciones de la sociedad en que fueron engendrados, de la misma manera en que variaron las pautas valorativas. Las letras de tango que más han perdurado en la memoria y el gusto del público, provienen de compositores que las dieron a conocer después de 1915, cuando ya el tango en general no encuentra resistencias. De todas maneras creo que aún falta un trabajo sintetizador del contenido de las letras de tango, no una recopilación y mucho menos una antología.

La que dio el mal paso

Uno de los motivos que más ha perdurado en la temática de las letras de tango, es la mujer que perdió la condición de virgen y por consecuencia, de honesta y virtuosa. Estos postulados responden, como se ha señalado antes, a conceptos éticos imperantes en la sociedad, cuando se tenía como condición fundamental la virginidad de la mujer en la noche del matrimonio, aun cuando el hombre hubiera recorrido todos los prostíbulos del mundo antes de esa noche, ya que se aceptaba, pues el hombre debía aportar experiencia sexual.

Se la ha designado con distintos nombres, pero la trayectoria y el final son siempre los mismos. Se la encuadra siempre en un hogar humilde, que sin confesar ninguna creencia religiosa, es honesto. Casi siempre esta mujer es hija de inmigrantes. El novio es un hombre del barrio, sencillo, trabajador, muy enamorado de la protagonista. Todos los que viven en el barrio son trabajadores. La mujer se gana el salario ocupada como obrerita de una fábrica o costurerita en la pieza del conventillo trabajando para afuera. Se viste muy sencillamente de percal, que es la tela más barata de fines y principios del siglo.

Un día abandonó el hogar, barrio y novio, amistades, trabajo, para irse con un hombre de dinero que le prometió hogar, estabilidad, respetabilidad.

En la crítica implícita se la tilda de casquivana, loca, dispuesta a utilizar su cuerpo, para entregarlo, no por amor, sino por dinero. En estas consideraciones no son tomados en cuenta la promiscuidad en que debía vivir en la pieza del conventillo, el acoso sexual de que era objeto en la fábrica o en la calle, el estrecho mundo material y espiritual que le ofrecía el barrio, la familia y el novio, el trabajo insalubre que desempeñaba en la fábrica, el salario ganado, menor en una tercera parte, al percibido por igual trabajo por el hombre, al tiempo que debía compartirlo en parte o todo para mantener el hogar paterno. Hay mil otras consideraciones que no se tomaron en cuenta en esta clásica figura de algunas letras de tango, desde el momento en que se da por sentada la honestidad del lugar del trabajo, de sus padres, de la familia en general, del novio, en una palabra del mundo que la rodea y en el que debe desenvolverse. El tema ha sido llevado a la radionovela, al cine, al teleteatro, al teatro y propagado en novelas –cronicones– por entregas, con todas las variantes posibles de imaginar, con infinidad de finales, algunos felices, otros trágicos, pero ninguno con soluciones comprensivas de la realidad social de la época en que los hechos son relatados por primera vez. Last Reason escribió algunos artículos en el diario *Crítica*, muy sabrosos, sobre este tema y como en la mayoría de los escritos que tratan el problema, no se ha dedicado a buscar las causales que pueden impulsar a una mujer joven por el camino de la prostitución.

En las críticas que se hacen sobre esta circunstancia social, se dan por válidas las condiciones que estudios sociológicos y económicos demuestran y que existen en la imaginación de sus autores. Nadie se ha puesto en la cabeza de la mujer, para pensar y menos estudiar la verdadera edad en que muchos argentinos -hombres y mujeres- deben empezar a trabajar y mucho menos las verdaderas condiciones materiales, psicológicas y sociológicas que enmarcan los trabajos. La ley fijó la edad de 14 años como el límite para permitirlo, cuando la realidad cotidiana y comprobable en Buenos Aires y en cualquier lugar de la República, demuestra que muchos niños y niñas de 7, 8 o 9 años ingresan al mercado del trabajo todos los años, para cooperar en los magros ingresos del hogar. La televisión nos muestra día a día esta realidad cuando se conocen violaciones o crímenes, y los periodistas de los medios de comunicación, indagan sobre la condiciones de vida de la víctima o del victimario. Si estas situaciones imperan en el día de nuestro presente, cuando la legislación ha impuesto condiciones más humanitarias, da tristeza y aflicción pensar en las reales condiciones del trabajo en general y del femenino en especial hace 70, 80 o 100 años atrás, cuando no había casi ninguna ley de protección al trabajador, ni organismos administradores que controlaran su correcta aplicación. Por otra parte, la literatura que trata sobre el tema no tiene aportes en defensa de la mujer *que dio el mal paso* ni ha estudiado en profundidad y desapasionadamente las condiciones sociales en que debía vivir, para hacemos comprender sin apasionamiento, las razones que la impulsaron a dar ese vuelco a su vida y luego emitir un juicio en defensa o condena del proceder.

Las quejas del '30 en forma de música y canto

La grave crisis del '30 quedó expresada en *Rosalía hay que hacer economía* cuando dice:

"Rosalía, Rosalía,
hay que hacer economía,
el dinero se termina
y el molino no camina.
Rosalía, Rosalía
¿dónde vamos a parar?
La cartera se me afloja,
Yo me voy a divorciar".

Entre otros, Víctor Lomuto y Femández Blanco, cuando compusieron *Actualidad porteña*, expresaron las postergaciones de las promesas matrimoniales ante la mala situación económica:

"Los afiles más ardientes,
hoy se estiran como goma,
porque sólo los doctores
ganan ciento veinte al mes,
y las chicas más bonitas,
ya no encuentran ni por broma,
quien las lleve hasta el Registro,
y las case de una vez".

Francisco Canaro también ha de expresar esta situación al componer *Los amores con la crisis*:

"Los muchachos con la crisis
se han embravecido,
ninguno agarra para marido".

Nuevamente Canaro, ahora en compañía de Ivo Pelay, ha de manifestarse en una pintura, que si bien es socarrona y sobradora, tiene buenas imágenes de la realidad diaria:

"Yo sé que ves a Papá
y lo mangás

y te ensartás;
y que ves a Mamá
y le pedís y no te da.
Que has empeñado la *voiturete*
y en colectivo viajás;
que ya no vas al cabaret
y con café te conformás;
y que no podés pagar la adición
de cero diez,
porque van a cobrar
y les hablás de pagarés,
que ya no tenés donde hacer pie
porque la crisis te la dio.
Con esta crisis yo soné,
y vos igual que yo".

A estas expresiones de crisis económica hay que agregar *Dónde hay un mango* y *Al mundo le falta un tornillo* (Cadícamo y Aguilar):

"Hoy se vive de prepo
y se duerme apurao,
y la chiva hasta Cristo
se la han afeitao".
....
"Al mundo le falta un tomillo
que venga un mecánico
pa' ver si lo puede arreglar".

Nuevamente Canaro y Pelay han de expresar la situación al componer *Tranquilo amigo*:

"Es un siglo de aspirinas,
surmenages y de locos,
y a los que no están descentrados,
se ve que les falta poco.
El que tenga algún problema,
que demande solución,

que pregunte allá por Vieytes
porque en Vieytes dan razón".[121]

La culminación de esta literatura de desconsuelo, descontento, protesta y desorientación, es la producida por Enrique Santos Discépolo con su *Cambalache*.

La madre

El tema de la madre ha merecido una apreciable cantidad de composiciones y, en la mayoría de las letras que la tienen como protagonista y figura principal, la colocan en una situación de respeto, exaltación, veneración y como resumen de todas las virtudes humanas.

Ni un solo tango contempla la posibilidad de debilidades o defectos que pueda llegar a tener una madre. Ninguna ha abandonado al marido ni olvidado a los hijos pequeños. Todas han dado amor, han trabajado hasta el sacrificio y a su vez se han sacrificado para alimentarlos, vestirlos, educarlos y enseñarles la recta y verdadera senda que deben recorrer en la vida. Los protagonistas de letras de tango que se han internado en la vida aventurera, disipada o del delito, terminan regresando a pedirle el perdón, por los errores cometidos o por haberla olvidado durante los años en que no fueron a verla ni le escribieron.

Para todos los autores de estas letras, la madre es pura, santa, buena, fiel, amante esposa y cariñosa madre. En algunas letras es tanta la devoción que resulta casi, casi virgen, o sea, inmaculada.

Por contraste, la figura del padre queda relegada a segundo plano. Es como si en la vida real, el tango expresara la existencia de un verdadero matriarcado, cuando en la realidad de todos los días se comprueba que no es así.[122]

QUINTA PARTE

La mujer en la sociedad que dio nacimiento al tango

En páginas anteriores he hecho referencias reiteradas sobre las cantidades siempre crecientes de prostitutas que albergaba la sociedad en la que se estaba gestando el tango. Para algunos lectores es posible que ello forme la idea de que Buenos Aires estaba poblado mayoritariamente por ellas, cuando en realidad no era así. Es oportuno referirse entonces a la condición de la mujer, en el ambiente social en que nació el tango y por extensión, a la condición de la mujer en general.

Antes de 1869, fecha del Primer Censo Nacional, no hay cifras contables. Existen referencias y descripciones generales y literarias de la situación de la mujer, relegada y postergada en el matrimonio, la política, las cuestiones gremiales y sociales, la educación, etc., pero no hay estudios serios que permitan conocer en detalle su verdadera situación, quedando lo anterior como una descripción vaga, sin precisiones.

La fuente censal sirve para conocer la población económicamente activa y dentro de ella la proporción de la mujer, para comprender la importancia o no de la misma. La mujer representó el 42% en las zonas rurales y en las zonas urbanas el 31%. Ya para esa fecha las migraciones internas y la inmigración extranjera están haciendo sentir su impacto e importancia. Analizando con un poco de detenimiento las cifras censales de 1869, encontramos un alto número de viudas, solteras y huérfanas, que totalizan casi 90.000 sobre un total de 361.000 mujeres en todo el país, es decir, el 41,9% del total de la población. De ese total de población femenina, 140 mil, o sea, casi la mitad aparecen como personas sin sostén económico, ayuda o amparo por parte de hombres. Ello se debe, en parte, a la desaparición de la población masculina en amplios sectores del interior, por las guerras civiles o las migraciones en busca de conchabo. También y como consecuencia de la gran cantidad de mujeres sin medios de sustento, es la declaración de costureras, sirvientas, tejedoras, cigarreras, que aparecen en las declaraciones de los oficios, en cantidades desusadas. Para ese entonces la Argentina aún no ha superado el ciclo de las rivalidades regionales o de enfrentamientos entre el interior y Buenos Aires, canalizados en luchas fratricidas o de la secular lucha contra el indio que insumía una buena parte de hombres en edad económicamente activa. Ambas circunstancias restaban mano de obra masculina, haciendo que muchas mujeres debieran integrarse al mercado de trabajo reemplazando la mano de obra masculina alistada en las filas de la Guardia Nacional o las montoneras. Así, en las zonas rurales, aparecen mujeres ocupándose en la esquila, apacentamiento, ordeñe u otras tareas rurales, quedando en sus manos trabajos como hilado, tejido, venta de leche, fabricación de quesos, aparte de los animales, la yerra y castración. Los hombres que quedaban eran viejos o niños y adolescentes. De éstas muchas representaban una verdadera carga para estos hogares desposeídos del elemento masculino. Se recurrió para aliviar la situación, a ocuparlas como personal de servicio sin retiro (sirvientas con cama adentro, se las llamó entonces), en algunas ocasiones sin recibir sueldos, a cambio de ropa, comida y concurrencia a las escuelas, cuando era posible, o encomendarlas como ahijadas de las familias receptoras, que tenían una mejor situación social. Llegaron a formar las *entenadas* de las familias que las recibían.

Volviendo al censo, es posible determinar la existencia de 1.639 amasadoras. En Buenos Aires, de acuerdo con lo manifestado por algunos laboriosos memoristas, era posible comprar y comer en la calle pasteles y empanadas ofrecidos por mujeres, de su propia elaboración. Las tiendas con artículos para mujeres completaban el surtido de mercaderías recibidas de importación, con lo producido por costureras y bordadoras locales. Las tareas en las casas familiares, que no podían ser atendidas por sus dueñas, eran completadas por las sirvientas, planchadoras, amas de leche, lavanderas o señoritas de compañía, planchadoras con retiro, lavanderas independientes, etc. Muchas de estas ocupaciones se realizaban en los domicilios de cada una de ellas, alternándolos con la cría y cuidado de los hijos y marido, cumpliendo entre unas y otras ocupaciones, jornadas de 12 a 14 horas, sin descansos dominicales, obra social y sin salidas para alguna distracción. Los fines de semana había que quedarse para atender al personal masculino de la familia, lavando y planchando las ropas. En oposición, muchas prostitutas tenían descanso semanal y efectuaban paseos por la ciudad acompañadas por la madama.

Si a esta situación de sujeción a la autoridad paterna, al marido, al hombre en general, se sumó la precariedad de los alojamientos, la falta de privacidad para las tareas más íntimas, como realizar el baño o hacer el amor en los matrimonios, todavía hay que agregar la insalubridad de muchos trabajos, como el de las cigarreras, el lavado de ropa; en las hilanderías y tenedurías, en establecimientos con malas condiciones ambientales por falta de luz y ventilación. Aquí las jornadas de trabajo no eran inferiores a las 10 horas, a las que había que agregar el tiempo de traslado hasta el domicilio para ir y volver, más el costo del mismo. Muchas veces se recurrió, para sortear adversidades laborales, al trabajo de costurera, tejedora y bordadora, pues estos trabajos podían hacerse en los conventillos, sin necesidad de traslado ni costo de los viajes, utilizando una máquina de coser y en caso de carecer de ella, a mano. Al aumentar las demandas de estos trabajos, bajaron los niveles de salarios pagados, por la abundancia de posibles obreras a ocupar.

La proporción de mujeres se mantuvo en los mismos niveles para el censo de 1895, agravándose en cuanto a la cantidad de hombres, por el aumento de la inmigración. Aumentó la mano de obra disponible en el mercado de trabajo. Este año el censo registró la existencia de 22.488 y la tasa de masculinidad representó el 172% para los extranjeros y el 97% para los argentinos. Estas cifras, considerando que la población comprendida de las mujeres argentinas era 503,8 mil (a nivel nacional) y las extranjeras 225,8 mil, siempre abarcando la población entre los límites de edad mencionados. Dentro de ellas los hombres argentinos representaban el 15,68% y las mujeres argentinas el 17,08%. En cambio, dentro de los inmigrantes –siempre entre las edades referidas– los hombres representaban el 42,83% y las mujeres el 22,48%. Otro dato censal importante es el siguiente: la proporción de extranjeros cada 100 habitantes para 1869 era de 49,3% y para 1895 del 51% o sea ligeramente superior la cantidad de extranjeros sobre los hombres nativos. Para el censo de 1914, aún primó el elemento extranjero e inmigrante, pero en un nivel inferior: 50,5%. Estos porcentajes están referidos a la población de Buenos Aires y sólo son superados por los correspondientes al entonces territorio nacional de Chubut.[123]

Una explicación rápida de esta concentración masculina sobre la ciudad puede ser esta observación: "...Hombres de familia, que jamás habían usado un tren, por simple efecto de la ignorancia, preferían el jornal seguro a la incertidumbre de la vida agrícola en tierras desconocidas. Allí se quedaron...".[124]

Poco después y como consecuencia de la Ley de Residencia, Bialet Massé dio a conocer en los primeros años del siglo actual, su insuperado informe sobre el estado de las clases trabajadoras en toda la República. Esos informes, las descripciones y observaciones son desgarradores, aún a la distancia que da el tiempo y la superación de aquellas circunstancias. Algo después se conocieron, por un informe al Congreso, las condiciones reales de la vida y el trabajo en la región cerealera de la pampa húmeda. Dejando a un lado las publicaciones influenciadas por ideas políticas de derecha o izquierda y atendiendo las informaciones oficiales antes citadas, como son el trabajo de Bialet Massé, las publicaciones del Departamento Nacional del Trabajo y el censo de 1914, resulta imposible no comprender que el medio social y económico que existía en Buenos Aires, la ciudad del tango, era propicio para crear el rechazo a las condiciones imperantes. Sin repetir lo dicho sobre las condiciones de los conventillos o las condiciones materiales de los prostíbulos populares y agregando algunas consideraciones, como fueron los salarios percibidos por las mujeres, siempre inferiores a los pagados a los hombres, realizando la misma tarea, con iguales jornadas de trabajo por día, se coincide con las estadísticas de la época, cuando sitúan la desproporción en contra de las mujeres entre el 30 y el 50%. No hay que dejar a un lado en estas apreciaciones retrospectivas que los niños y niñas incorporados al mercado de mano de obra, por las precariedades hogareñas, estaban en iguales o peores condiciones.

Para la fecha del Tercer Censo Nacional de 1914, la mujer ha llegado a insertarse en amplios sectores de la mano de obra ocupada. El siguiente cuadro lo sintetiza:

Actividad	Mujeres	%	Hombres	%
Primaria	41.578	6	488.288	30.5
Secundaria	352.999	51.9	488.238	20.5
Terciaria	287.423	22.1	403.474	49.0

De su interpretación se desprende que, si bien el hombre sigue siendo mayoría en todas las manifestaciones económicas, al tiempo que continúa reteniendo la propiedad de los medios de producción, se registra en la actividad secundaria una mayor intervención de la mujer alcanzando el 51,9%, superior al 49% de los hombres en esas actividades. Pero el avance más destacado es en las actividades terciarias (comercio, transportes y servicios) donde ha logrado ocupar casi la cuarta parte de la mano de obra.

Es posible que esto se debiera en buena parte a las diferencias de los salarios pagados, indicadas antes. También es posible que la mujer haya iniciado ya, una larvada y silenciosa lucha por la liberación social, incorporándose al mercado de trabajo, para librarse progresivamente de la supeditación paterna y del hogar.

Con ello fue alejándose de la concurrencia a los trabajos ya considerados inferiores o serviles, como era trabajar en las casas particulares como fregonas. Este desplazamiento de la mano de obra femenina se fue realizando de manera paulatina, progresiva y gradual, pues las cifras censales no lo demuestran como fenómeno difundido y de manera total, sino que lo insinúan. La existencia para 1914 de 59 médicas y 6 abogadas, pueden servir como indicio del ascenso social de la mujer y de la iniciación de su liberación social.

Las condiciones de trabajo mejoraron algo, pero no mucho. Se seguía trabajando 10 horas diarias como jornada mínima. Las empleadas de comercio, de tiendas específicamente, además de trabajar de pie esas jornadas agotadoras (sólo en el año 1904 se aprobó la llamada Ley de la Silla o Ley Palacios), que casi no tenía aplicación práctica, debían concurrir vestidas mejor que las obreras o sirvientas y esto representaba mayores gastos y con ello reducciones reales en los salarios percibidos.

Por otra parte las costureras, lavanderas, tejedoras, cigarreras, seguían trabajando en condiciones insalubres. Es posible agregar a esta lista a las fosforeras, por las emanaciones que tenían que respirar, lo mismo que las tipógrafas. En esa época no había leyes sobre enfermedades profesionales ni se contemplaban las enfermedades ocasionadas por el trabajo, por la naturaleza de éste.

Con la llegada del teléfono y su difusión en la ciudad de Buenos Aires, a fines del siglo pasado, fue necesario instalar centrales para atender las llamadas, pues los teléfonos de entonces no eran automáticos, ni celulares sino a manivela. Había que levantar el tubo, y llamar a la central, dando vuelta la manivela. En la central la llamada era recibida por la telefonista, que recibía el número con quien se deseaba tener comunicación y con una clavija conectaba el número que pedía con el que hacía el pedido. También en este trabajo, a pesar de ser limpio y realizarse con las operarias sentadas, la jornada era de siete horas diarias, sin interrupciones. Para ocupar el puesto de telefonista se preferían las jóvenes entre 15 y 17 años. Por su juventud se les pagaba poco y eran más dóciles para imponerles ritmos de trabajo continuos y agotadores, por la tensión del mismo, sin protestas. Se trabajaba sin pausas ni descansos intermedios, como las cintas sin fin de la producción taylorista, para obtener el rendimiento superior en un 25 al 30% más en la cantidad de llamados atendidos, en relación con el rendimiento de las obreras telefonistas de Boston o de Londres. Esto significaba más trabajo por el mismo salario, o sea, se abarataban los costos operativos de la empresa.

Poco a poco las condiciones de trabajo fueron cambiando. Las luchas sociales lograron el acortamiento de las jornadas diarias de trabajo de manera progresiva, el mejoramiento de las condiciones de salubridad, las leyes previsoras sobre enfermedades y accidentes y su reparación médica y pecuniaria. El proceso industrial recibió fuertes impulsos como consecuencia de la Primera Guerra Mundial, de las crisis internacionales, especialmente entre 1929-1932. Todo ello redundó en la incorporación de nuevas tecnologías en los procedimientos de producción, que sin llegar a ser las condiciones ideales, fueron óptimas.

Para 1935, estimadamente, la mujer argentina tenía muy pocas oportunidades para la vida libre e individual, pero por sobre todo respetada. El matrimonio fue la principal vía de escape para salir de la autoridad paterna, pero significó entrar en la autoridad del marido y luego en la tiranía de los hijos. Por ello fue una falsa vía de escape. (Recordar el tango: *Pobre mi madre querida.*)

Otra salida del anonimato y la ramplonería de las vidas simples y sin perspectivas de realizarse como persona, fue el trabajo asalariado bien remunerado que permitiera tener casa, comida, vestidos, distracciones, cultura. Las oportunidades de alcanzar estos objetivos eran escasas, por no decir nulas, por los muy pocos empleos bien pagados. Todavía las profesiones liberales desempeñadas por mujeres, no habían llegado a tener aprecio social, ni tampoco eran bien retribuidas. Se desconfiaba de la idoneidad de una médica, abogada u odontóloga, pues la sociedad todavía seguía siendo machista y negando oportunidades a las mujeres para que alcanzaran la liberación. Otro ejemplo respecto de estas circunstancias es que la mayoría de las mujeres feministas que lucharon por la igualdad jurídica, por el derecho al voto, y otros avances sociales y políticos, arriesgando muchas veces su integridad física y libertad, terminaron siendo madres solteras o esposas sumisas y abnegadas. En sus intervenciones públicas condenaron al mundo dominado por el hombre, reclamando un lugar propio e independiente en él, pero sus prédicas quedaron en la nada.

En esas condiciones sociales, la liberación de la mujer podía ser alcanzada por un camino condenado y despreciado por la sociedad: la prostitución. Esta salida fue el camino alternativo, siempre a mano, no siempre seguro, para alcanzar la libertad, el dinero, pero no la respetabilidad. Por ello es que el tango, aun en las letras con posterioridad a 1940, contiene el resabio condenatorio a la mujer prostituida, sin comprender que era el último extremo que le quedaba. Paralelamente se exaltaba la vida sencilla en el barrio, el conventillo, sin aceptar que las condiciones materiales habían sido superadas y quedado atrás. Por ello es que algunos compositores de estupendas letras de tango, desde el punto de vista descriptivo o poético, cometen el error de no recordar los versos de siglos atrás que dicen: " ...Hombres necios que acusáis a la mujer sin razón, sin ver que sois la ocasión de lo mismo que culpáis", al negar la posibilidad de superar las condiciones materiales de la vida diaria y de las situaciones espirituales.

Consideración final

Es innegable que el tango transitó por el prostíbulo y que una parte de su lenguaje es carcelario. Creo que más importante que estas etapas, es comprender que el tango nació como resultado de la transculturación material, social, espiritual e intelectual de los elementos existentes en la sociedad argentina de la segunda mitad del siglo pasado y años posteriores. En su paso por los patios de los conventillos o en las esperas en los prostíbulos fueron los únicos espacios materiales que le fueron permitidos, porque eran las realidades que le dieron el ser, como lo fueron las negras, las chinas cuarteleras, las prostitutas, la música candombera, la habanera, la guajira o el tango andaluz y, por determinismo histórico, esas condiciones no podían dar más que el resultado que dieron: el tango. También intervinieron en la gestación de este producto social, la pareja de negros que bailó separada y la del compadrito que bailó abrazando a su compañera, para realizar coreografías diferentes, hasta amalgamarse en una sola. Por ello las cargas moralizantes que se le agregaron están de más. Al tango hay que considerarlo como música, como baile, no si es decente, si es moral, si no es repudiable y condenado por un contenido que se remonta a sus orígenes, enmarcando a éstos en la pobreza o en las miserias materiales de las clases desposeídas de bienes de fortuna o cultura. Esto es como pretender juzgar los tangos de Ponzio, por su vida personal, o la producción literaria de Borges por las dificultades visuales que tenía, como persona física. Al tango, se lo podrá enjuiciar desde el punto de vista musical, estético, pero nunca desde la ética, pues es una composición musical, no un tratado de doctrina ni moral religiosas.

El tango es como es, con todo el lastre de sus orígenes, pero al mismo tiempo, con toda la dinámica, la creación infinita y la libertad imperecedera de las auténticas creaciones populares.

También y para terminar, se le atribuye al tango una tristeza innata. Debo confesar que no sé dónde está esa tristeza, en qué consiste, cuándo nació y por qué se sigue insistiendo en el tema de la tristeza tanguera. Me parece que cuando los negros, mulatos, mestizos, criollos o inmigrantes fueron a los lugares donde se podía escuchar música y bailar, no iban para volcar la tristeza que los embargaba, ni a ponerse tristes. De los lugares de tristeza, el ser humano se aleja, de la misma manera que hoy decimos que rechazamos las "pálidas". Iban a buscar alegría, la que la vida diaria no les brindaba. Si se analizan las músicas y los bailes del mundo entero no se encuentran músicas ni bailes tristes, mucho más cuando esas músicas son populares. Podrán encontrarse músicas solemnes o sagradas, nunca músicas tristes. En el caso extremo de las músicas que se interpretan y cantan en los velatorios y entierros, son músicas que cumplen con ritos religiosos, casi todas pidiendo a los dioses respectivos vida eterna para el alma del difunto. ¿Por qué, entonces, ha de ser el tango la única música triste del mundo? Los bailes rituales o los que acompañan a los trabajos, tampoco son tristes; pueden ser acompasados, lentos, con ritmos muy bien marcados, pero nunca tristes. Puede que el sonido musical o la coreografía nos desagraden, pero esto no es suficientemente válido para calificarlos como tristes. Lo mismo tiene vigencia para el tango.

Por el contrario a esas afirmaciones, el tango tiene la alegría de la comunicación entre el hombre y la mujer que forman la pareja y permite a ambos reír en la fiesta de la creación coreográfica, que es infinita y privativa de cada bailarín. Por todo ello bailar el tango sí que es una fiesta.

Notas

1. Esta información es el resumen de varios legajos existentes en el Archivo General de la Nación, reunidos cuando preparaba mi libro sobre Roca y la capitalización de Buenos Aires.

2. Se citan las calles con los nombres actuales, para evitar confusiones.

3. Es resumen del año 1754, que comprende varios informes policiales anteriores a este fecha.

4. Carretero, Andrés: *El gaucho*, Buenos Aires, 1964, p. 62.

5. *Idem* ant.

6. *Idem* ant.

7. *Idem* ant.

8. *Actas del Extinguido Cabildo de Buenos Aires*, Libro XLIX, año 1788, p. 670.

9. *Idem* ant., pp. 684 y 685.

10. *Correo de Comercio e Historia de la Nación Argentina*, T. IV, p. 265 n. 10.

11. Historia de la Nación Argentina, T. IV, p. 35.

12. *Idem* ant.

13. Concolorcorvo: *El lazarillo de los ciegos caminantes*, Buenos Aires, 1942, p. 185.

14. *Historia de la Nación Argentina*, T. IV, p. 37 1.

15. Del apareamiento entre blanco y negra, en la primera generación, los hijos fueron llamados metis, mestizo, caboclo, cholo, ladino y mameluco, en varias regiones de América y en Argentina, pardo o mulato. El resultado del apareamiento de éstos con blancas o blancos, se denominó cuarterón castizo. Si el apareamiento era con india, se lo llamaba coyote. Si un pardo o mulato tenía hijos con blanca al hijo se lo apodaba morisco. Si, en cambio, se casaba con negra, al hijo se lo llamaba chino/a. Si el casamiento era entre indio y negra, al hijo se lo llamaba lobo, zambo o cafuso. Si el casamiento era entre uno de éstos con india/o, al hijo/a se lo llamaba también chino/a.

16. Studer, Elena, F.: *La trata de negros en el Río de la Plata durante el siglo XVIII*, Buenos Aires, 1984 y Molinari, Diego L.:*La trata de negros*, Buenos Aires, 1944, pp. 37-43. Los negros desembarcados eran clasificados, palmeados (medidos) y luego marcados con hierros al rojo. Los hierros usados se llamaron carimba. Esta bárbara costumbre fue desterrada del Río de la Plata por Real Orden de 1784.

17. La existencia de negros de acuerdo con los distintos censos realizados en la época hispana y con posterioridad es la siguiente: 1778, 7.235 (29,3% sobre el total de la población blanca); 1810, 9.615 (19,5%); 1836, 14.906 (26%) y 1887, 8.005 (1,8%).

18. Candombe es palabra de origen kinbundu y significa negro, propio de negros, perteneciente à los negros. Ortiz Oderigo, Néstor: *Calunga*, Buenos Aires, 1969, p. 19. Los bailes de los negros, vistos por los blancos, siempre fueron considerados como expresión erótica, por los cuerpos de los negros que bailaban sueltos y sin contacto corporal; de barbarie, por la coreografía, y los cantos fueron estimados como aullidos salvajes. "Las diversiones de los negros bozales son las más bárbaras y groseras que se pueden imaginar. Su canto es un aúllo. Ver sólo los instrumentos de su música se inferirá lo desagradable de su sonido. La quijada de un asno, bien descarnada, con su dentadura floja, son las cuerdas de su principal instrumento, que rascan con un hueso de carnero, un asta o un palo duro con que hacen unos altos y tiples tan fastidiosos y desagradables que provocan a tapar los oídos o correr a los burros, que son los animales más estólidos y menos espantadizos". Concolorcorvo, *op. cit.*, p. 126.

19. Los nombres de los militares negros que más se recuerdan son: Lorenzó Barcala, Domingo Sosa, Casildo Thompson y José M. Morales. En lo que corresponde a la graduación militar alcanzada, ninguno de los negros del ejército llegó al generalato; 2 llegaron a coronel; 5 a teniente coronel y 32 a grados inferiores hasta subteniente. En total, 39 negros sobre un total de 104. Hasta 1880, ningún negro había ingresado en la Universidad de Buenos Aires. *La Broma*, 3 de noviembre de 1882.

20. Charlevoix: *Histoire de l'isle Espagnole ou de Saint Dominique*, París, 1771, T. II, p. 498.

21. Ortiz Oderigo, Néstor: *Macumba*, Bs, As., 1972, p. 68 y sgts.

22. La acepción de quilombo como casa o donde se realizaba el comercio sexual, se debe a que los blancos encontraron que las aldeas, llamadas quilombos, se caracterizaban por la actividad aparentemente incontrolada, con muchos ruidos y voces altas. En pocas palabras, lugares de ruidos, o sonidos con movimientos continuos, queriendo significar bochinche, confusión, desorden. Por extensión se aplicaron estos últimos significados a las casas de negros, confundiendo actividad continua con contenido moral. En 1847 se practicó un procedimiento policial en una casa de relaciones sexuales por dinero. Intervino el padre

de Alem, en ese entonces policía. Romay, Francisco,*Historia de la Policía Federal Argentina*, T. HI., Buenos Aires, 1964, p. 134.

23. Arredondo, Marcos: *Croquis bonaerenses*, Buenos Aires, 1896, p. 71.

24. *Idem* ant.

25. Ortiz Oderigo, *op. cit.*, p. 40.

26. Esta información y otras de tipo médico me han sido facilitadas por el doctor Ernesto Quiroga Micheo, a quien agradezco su generosidad. Según descubrimientos realizados en recientes excavaciones arqueológicas en Waterford, Irlanda, la enfermedad es originaria de América del Norte. Se extendió al resto del continente americano y a Europa. Según estas teorías, los irlandeses estuvieron en América antes de Colón. Como sustento científico de esta teoría, se tienen las marcas que la enfermedad dejó en los huesos hallados, y que son inconfundibles. Esas marcas aparecen en los restos de los cadáveres encontrados en Waterford. *La Nación*, 27/12/1992, p. 3.

27. Stieben, Enrique: *De Garay a Roca*, 1938, p. 188.

28. A.G.N.: *Archivo de Miguel Juárez Celman*, vs. ds. de 1880, correspondencia recibida.

29. *República Argentina, Registro Oficial*, año 1882, p. 96.

30. Respecto a las intervenciones de patotas llamadas "indiadas" por los "malones" que hacían en los teatros se ha manifestado " ... en número de cien llegaban al teatro dispuestos a no dejar llegar, con la fiesta en paz, al final de la obra. A balazos concluyó alguna vez una representación: ejemplo en el Teatro de la Zarzuela (hoy Argentino) con sus espejos del vestíbulo llenos de agujeros para constancia posterior de los historiadores (o de la policía) ... Bosch, Mariano G.:*Historia de los orígenes del teatro nacional argentino*, Buenos Aires, 1969, Ed. Solar - Hachette, p. 21. Episodios de esta índole se repitieron a diario en los cabarets; las riñas iniciadas con palabras, siguieron con golpes de puño, "...derribando mesas, tirando sillas, copas, botellas, y cuanta cosa podía hacer de proyectil, convirtiendo aquello en un infierno...". Labanca, Nicolás J.: *Recuerdos de la Comisaría 3a.*, Buenos Aires, 1969, pp. 61-63. Alguna de estas indiadas tuvieron al Negro Raúl como elemento desencadenante.

31. El traje del manolo español es el siguiente: "sombrero gacho, chaqueta corta, pantalón campana, chaleco airoso, buena faja, buen zapato, calceta (polaina) blanca. Pañuelo de color, al cuello, cayendo las puntas sobre el pecho". *Novísimo diccionario de la lengua castellana*, París, 1911, p. 922. Armesto, Francisco: *Mitristas y alsinistas*, Buenos Aires, 1969, p. 127.

32. Saldías, Adolfo: *Un siglo de instituciones*, Buenos Aires, 1896, p. 224.

33. *El Nacional*, 30 de mayo de 1873.

34. Para 1883 se habían registrado 1.868 conventillos. Tenían un promedio de 2,51 personas por pieza y 34,34 por conventillo. Para el censo del año mencionado el promedio era de 29,3 personas por inquilinato. Posiblemente el descenso en el promedio se debió a una mayor diligencia en el relevamiento censal. De todas modos es casi una certeza de que las construcciones para 4-6 personas inquilinas escaparon a la designación de inquilinato. Hay que apuntar que no siempre las construcciones fueron de ladrillos, como consta en la siguiente inspección municipal: " ... ellas son de madera y están pasadas de humedad, además de que lo techos son demasiado bajos..." siendo afectadas las habitaciones " ... por las emanaciones que se desprenden de la letrinas..." por estar hechas " ... en pugna con las disposiciones reglamentarias de la construcción...". Algunas de estas construcciones fueron levantadas para hacer funcionar fondas o posadas "...faltando la ventilación y el número de camas que existen (en las habitaciones) son excesivas para su capacidad...". *Archivo Histórico Municipal*: Carpeta 1743, año 1883, mes de abril, día 4.

35. *La Nación*, 15 de junio de 1887.

36. *La Prensa*, 27 de diciembre de 1871.

37. Rawson, Guillermo: *Escritos y Discursos*, Buenos Aires, 1912, T. 2, pp. 110/4. Véanse Wilde, Eduardo: *Curso de higiene pública*, Buenos Aires, 1898, p. 62, n. 57. Bunge, Julia: *Vida*, Buenos Aires, 1848, p. 32 y sgts.

38. Quintana, Federico: *En torno a lo argentino*, Buenos Aires, 1898, p. 107.

39. Bioy, Adolfo: *Antes del 900*, Buenos Aires, p. 107.

40. Viale, Paula: *La otra cara de la "vida alegre" del Buenos Aires finisecular.* (Inédito)

41. Las obras de teatro que presentaban tangos, como atracción de público, han sido consideradas de la siguiente manera: " ... Es el teatro guarango, grosero, lunfardo, plebeyo (como versos de tango, inartístico, estúpido; cuanto más bajo y soez, más aplaudido por el chusmaje que concurre) que es la casi totalidad de los espectadores o pobres de espíritu que quieren adquirir conocimientos en la materia. En el sainete, en la revista, en el pochade, en la zarzuelita, en el estúpido verso de tango, que forma parte de la obra, para su mayor éxito...". Bosch, *op. cit.*, p. 45.

42. Ortiz Oderigo: *Aspectos de la cultura africana en el Río de la Plata*; Corominas, Joan: *Diccionario crítico etimológico de la lengua castellana*, Madrid, 1957, T. IV; Gobello, José: *Vieja y nueva lunfardía*, Buenos Aires, 1963.

43. *Archivo de La Merced*, "Matrimonios de color", 1743-1801, Libro 2.

44. Las parcialidades negras a grandes rasgos, estaban divididas de la siguiente manera: del Africa Occidental 14 agrupaciones; Congo 14, y otras regiones 7. Estaban subdivididas en sociedades, cuyos nombres

eran de parcialidades tribales africanas que llegaron a ser once entre 1821 y 1834, de acuerdo con las disposiciones del reglamento dictado en 1821. Las reuniones bailables de los negros fueron una preocupación constante de las autoridades que trataron de impedirlas imponiendo la obligatoriedad de la papeleta de permiso de sus amos para concurrir, la prohibición de bailar, penalizando la infracción con cárcel o un mes de trabajos públicos. Trelles Rafael: *Indice del Archivo del Departamento General de Policía, desde 1812.* Buenos Aires, 1859-1860, 2 ts. En 1802 se calificó a los negros como "almas serviles y mercenarias groseras y sin principios, que no conocen otros principios que los sensuales...". *El Telégrafo Mercantil,* 11 de julio de 1802.

45. A.G.N.: Sala X- 31-8-5- y Sala X- 42-6-3.

46. *Idem* ant. Sala X- 24-8-1 y Sala X- 24-8-2. Los esclavos de propiedad de Rosas en Sala VH- 4-4-1 y C.R:P:H.N.: documentos 1323, 1330, 1335 y 1345.

47. Puccia, Enrique: *Breve Historia del Carnaval Porteño,* p. 27 y sgts. Véanse también Mayol de Senillosa: *Carnaval de Buenos Aires* y Cánepa, Luis: *Buenos Aires de Antaño.* Ortiz Oderigo, Néstor: *Colunga,* p. 2415.

49. Ortiz Oderigo, *idem* ant., pp. 25/27.

50. Soler Cañas, Luis: *Revista de Investigaciones Históricas Juan M. de Rosas,* Nº 23, p. 289.

51. Soiza Reilly, Juan, de: *Caras y Caretas* del 25 de noviembre de 1905.

52. *La Broma,* 1º de setiembre de 1879 y 23 de octubre de 1879.

53. Ortiz Oderigo: *Macumba,* p. 125.

54. Carretero, Andrés M.: *El compadrito y el tango,* Buenos Aires, 1964, p. 40.

55. Ortiz Oderigo, *op. cit.,* p. 1081140.

56. *Idem* ant., p. 30 y 133.

57. *Idem* ant., p. 173.

58. Wilkes, J. y Guerrero Cárpena, I.: *Formas musicales rioplatenses,* p. 52.

59. López, Vicente F.: *La gran aldea,* p. 88.

60. Gobello, José: *Palabras perdidas,* Buenos Aires, 1982, p. 98 y 101.

61. Vega, Carlos: *Danzas y Canciones Argentinas,* p. 71.

62. *Caras y Caretas,* 2 de enero de 1889.

63. Lynch, Ventura: *Cancionero bonaerense,* p. 62.

64. Gobello, José: "Orígenes de la música del tango", en *Historia del Tango,* T. I., p. 104.

65. Conosur (editor): *Tango,* T. I, Buenos Aires, 1992, p. 83.

66. Para 1879 se formó un conjunto femenino llamado "Las Hijas de la Noche" que se dedicada a cantar tangos. *La Nación,* 22 de enero de 1879.

67. Para 1880 había en Buenos Aires 14 teatros. Con posterioridad

a esa fecha y hasta el Centenario, 23, ubicados la mayoría en la zona céntrica. A medida que se fueron urbanizando los barrios se abrieron salas.

68. *La Opinión* (Avellaneda), del 14 de abril de 1916.

69. El organito fue citado por Aniceto el Gallo, tocado en la calle de los Carcamanes, para 1853.

70. Lewin, Boleslao: *Cómo fue la inmigración judía en la Argentina*, Buenos Aires, 1983, Ed. Plus Ultra, p. 208.

71. *Idem* ant., p. 210 y sgts.

72. *Caras y Caretas*, 13 de octubre de 1900.

73. Bialet Massé, Juan: *El estado de las clases trabajadoras argentinas al comienzo del siglo*, Córdoba, 1968.

74. *La Prensa*, 3 de febrero de 1902, p. 6.

75. Boulanger, Jacques: *De la walse au tango*, París, 1920. En este trabajo se presenta una visión de los bailes practicados en París, durante las reuniones sociales y populares. Véase también*Sherlock Holmes*, Año I, N°s 2 y 3, Buenos Aires, 1911.

76. Boulanger, Jacques: *Les possédés*, París, 1912. Esta publicación está dedicada por entero al tango bailado desde principios del siglo en París. Contiene agudas observaciones sociales y simpáticos comentarios sobre los bailarines.

77. Viale, Julia: *op. cit.* Agradezco el haberme facilitado este trabajo inédito, y apreciado ideas originales y profundas que contiene. Ver además, Municipalidad de la Ciudad de Buenos Aires: *Memoria*, 1884.

78. Carretero, Andrés M.: *El compadrito*, pp. 130 a 133. Sobre el avance progresivo de la urbanización, Scobie, James: *Buenos Aires, del centro a los barrios*, Solar Hachette.

79. Scobie, *op. cit.*

80. El año entre paréntesis, significa la fecha de incorporación a los conjuntos.

81. La (p) significa que tenían piano instalado.

82. *Crítica*, 24 de setiembre de 1913 y números posteriores.

83. *La Nación*, 9 de setiembre de 1908 y *Caras y Caretas*, vs. ns. Entre 1900 y 1910, especialmente, las ilustraciones de dibujos y fotografías de reuniones donde aparecen parejas bailando, que ya se han difundido hasta el cansancio.

84. Véanse avisos en *Caras y Caretas* en el período indicado.

85. Para esos años el Comisario Labanca, recuerda a Bacalo, otro vendedor en la zona céntrica y entre la gente de la noche. Utilizaba para disimular la "merca", pequeñas cajas de tabaco. Labanca: *op. cit.*, p. 73/5 y Marambio Catán, Carlos: *60 años de tango*, Ed. Freeland, Buenos Aires, 1973, p. 137.

86. Marambio Catán, *op. cit.*, p. 138.

87. *Todo es Historia*, Nº 290, p. 50.

88. En mi trabajo sobre Prostitución en Buenos Aires se trata con detalles.

89. Ejemplos de estos trabajos es Bunge, Alejandro: *Una Nueva Argentina,* con ediciones recientes.

90. También en mi trabajo Prostitución se consideran más ampliamente estas circunstancias.

91. Reitero lo anterior.

92. Gálvez, Manuel: *La trata de blancas,* tesis doctoral, p. 44.

93. Gómez Bas, Arturo: *Buenos Aires y lo suyo,* Buenos Aires, 1975, Ed. Plus Ultra, p. 90.

94. En esta década el tango incorporó una interesante variación coreográfica: el baile cruzado. Permitió una mayor libertad de movimientos a la mujer, y aun cuando siguiera las directivas del hombre y lo acompañara en las figuras, tuvo también oportunidad de crear sus propios pasos. Esta nueva coreografía fue inicialmente muy resistida por muchas comisiones de clubes familiares, que procedieron a expulsar a los bailarines que bailaban en este estilo. Luego decayó como baile popular, pero ha subsistido, siendo uno de los antecedentes de la coreografía que se emplea actualmente en los tangos bailados para el espectáculo.

95. *Clarín,* 13 de mayo de 1993, p. 5213.

96. *Hechos Mundiales,* Año 1, Nº 1, Buenos Aires, 22 de agosto de 1967.

97. *Medianoche.*

98. *Un tropezón.*

99. *Ciego.*

100. *Amargura.*

101. *Sentimiento gaucho.*

102. *Y no puedo olvidarte.*

103. *Llorando la carta.*

104. *Cuanta angustia.*

105. *Llorando la carta.*

106. *Noches de Colón.*

107. *Tomo y obligo.*

108. *Idem* ant.

109. *No te engañes corazón.*

110. *Qué tarde que has venido.*

111. *Esta noche me emborracho.*

112. *Volvió una noche.*

113. *Qué le va cha ché.*

114. *Pero, pobre de ellos.*

115. *Yira, Yira.*

116. *Por limosna, no.*

117. *Muchacha.*

118. *Paciencia.*

119. *Como abrazado a un rencor.*

120. *¿Por qué soy reo?*

121. Paula, Tabarée de: "El tango: una aventura política y social 1910-1935", en *Todo es Historia,* Nº 11.

122. Entre los tangos que tratan el tema de la madre, aun cuando tengan diferentes enfoques que la consideración presente, es posible recordar: *Audacia, Madre, Mariposita de cabaret, Avergonzado, Perdón viejita, Consuelo, Nunca es tarde, La casita de mis viejos, Madre hay una sola* y *Tengo miedo.*

123. Carretero, Andrés M.: *Compadrito,* p. 46.

124. *Idem* ant., p. 71, n. 8.

Bibliografía

Alsogaray, Julio: *Trilogía de la trata de blancas*, Buenos Aires, 1933.
Aprile, Bartolomé R.: *Arrabal Salvaje*, Buenos Aires, 1936.
Aramburu, Julio: *Buenos Aires*, Buenos Aires, 1927.
Arraújo, A.: *Guía de forasteros*, Buenos Aires, 1908
Barrés, Mauricio: *El hampa y sus secretos*, Buenos Aires, 1934.
Bates, H. y J. L.: *Historia del tango*, Buenos Aires, 1936.
Batiz, Adolfo: *Buenos Aires, la rivera y los prostíbulos en 1880*, Buenos Aires, 1905.
Benarós, León: *El tango, los lugares y las casas de baile*, Buenos Aires, 1977.
Bernaldo de Quirós, Carlos: *Delincuencia venérea*, Buenos Aires, 1934.
Bernaqui Jáuregui, Carlos A.: *Estudio dogmático-científico sobre la ley de profilaxis venéreas (13.331)*, 3 tomos, Buenos Aires, 1950.
Bessio Moreno, Nicolás: *Estudio crítico sobre la población de Buenos Aires*, Buenos Aires, 1939.
Borges, Jorge L.: *Evaristo Carriego*, Buenos Aires, 1955.
Bar, Gerardo: *La organización negra*, Buenos Aires, 1982.
Briand, René: *Crónicas del tango alegre*, Buenos Aires, 1972.
Buttner, Adolfo T.: "La arquitectura de Buenos Aires", en *Revista de Buenos Aires*, T. XXIV, 1871.
Cadícamo, Enrique: *La luna del bajo fondo*, Buenos Aires, 1964.
Calderón, Elsa C. de: *Buenos Aires nos cuenta*, Buenos Aires, 1989-1992.

Calle, Ceferino de la: *Palomos y gavilanes*, Buenos Aires, 1886.

Canaro, Francisco: *Mis bodas de oro con el tango*, Buenos Aires, 1967.

Cárdenas, Daniel: *Apuntes de tango*, Buenos Aires, 1985.

Carretero, Andrés M.: *El gaucho*, Buenos Aires, 1960.

Carretero, Andrés M.: *El compadrito y el tango*, Buenos Aires, 1964.

Carretero, Andrés M.: *Orden, Paz, Entrega*, Buenos Aires, 1974.

Casadeval, Domingo: *El tema de la mala vida en el teatro Nacional*, Buenos Aires, 1957.

Casadeval, Domingo: *Buenos Aires, Arrabal, sainete negro*, Buenos Aires, 1968.

Casadeval, Domingo: *El carácter porteño*, Buenos Aires, 1971.

Castilla, Eduardo S.: *Tiempo de tango fuera de tiempo*, Lyra, Buenos Aires, 1955.

Carella, Tulio: *El tango, mito y esencia*, Buenos Aires, 1960.

Coni, Emilio: *Memorias de un médico higienista*, Buenos Aires, 1918.

Conosur S.A. (editor): *El tango, un siglo de historia*, 4 tomos, Buenos Aires, 1992.

Concolorcorvo: *El lazarillo de ciegos caminantes*, Buenos Aires, 1942.

Contreras, L. y Villamayor, E.: *El lenguaje del bajo fondo*, Buenos Aires, 1969.

Córdoba, Alberto: *El barrio de Palermo*, Buenos Aires, 1968.

Corrado, Hugo: *Guía antigua del oeste porteño*, Buenos Aires, 1969.

Cortés Conde, R. y E. N.: *Historia negra de la prostitución*, Buenos Aires, 1978.

Crónica política y literaria de Buenos Aires, Nº 24, Buenos Aires, 1827.

Checo, Manuel: *Los pioneros de la industria nacional*, Buenos Aires, 1880.

Del Pino, Diego: *El barrio de Villa Crespo*, Buenos Aires, 1974.

Del Pino, Diego: *Historia y leyenda del Arroyo Maldonado*, Buenos Aires, 1971.

Del Priore, César: *Historia del tango*, Buenos Aires, 1967.

Dupont, Benjamín: *Pornografía de Buenos Aires*, Buenos Aires, 1979.

Dos Santos, Estela: *Las mujeres del tango*, Buenos Aires, 1974.
Echebarne, Miguel D.: *La influencia del arrabal en la poesía culta*, Buenos Aires, 1955.
Estrada, José M.: *Misceláneas*, Buenos Aires, 1903.
Etchepareborda, Antonio: *Guía de Buenos Aires*, Buenos Aires, 1923.
Etchepareborda, Roberto: "Aspectos políticos de la crisis de 1930", en *Historia* Nº 3, Buenos Aires, 1958.
Ferrer, Horacio: *El libro del tango*, 3 tomos, Buenos Aires, 1980.
Gálvez, Manuel: *La trata de blancas*, tesis doctoral, Buenos Aires, 1905.
Gallo, Elías H.: *Historia del sainete nacional*, Buenos Aires, 1970.
Garrigós, Dalmira: *Memorias de mi lejana infancia*, Buenos Aires, 1964.
George Reid, Andrews: *Los afroargentinos en Buenos Aires*, Buenos Aires, 1989.
Germani, Gino: *Estructura social de la Argentina*, Buenos Aires, 1955.
Gobello, José: *Orígenes de las letras de tango*, Buenos Aires, 1976.
Gobello, José: *Breve diccionario lunfardo*, Buenos Aires, 1960.
Gobello, José: *Vieja y nueva lunfardía*, Buenos Aires, 1963.
Gobello, José: *Crónica general del tango*, Buenos Aires, 1980.
Gobello, José: *Etimologías*, Buenos Aires, 1978.
Gobello, José: *El tango como sistema de incorporación*, Buenos Aires, 1990.
Gobello, J. y Payet, L.: *Breve diccionario lunfardo*, Buenos Aires, 1959.
Gómez, Eusebio: *La mala vida*, Buenos Aires, 1907.
González Arrili, Bernardo: "Calle Corrientes, entre Esmeralda y Suipacha", *Comienzos del siglo XX*, Buenos Aires, 1952.
Goldar, Ernesto: *La mala vida*, Buenos Aires, 1981.
Guibert, Fernando: *El compadrito y su alma*, Buenos Aires, 1957.
Herz, Enrique: *Historia de la Plaza Lavalle*, Buenos Aires, 1978.
Herz, Enrique: *Villa Devoto*, Buenos Aires, 1978.
Hogg, Ricardo: "La rivera, Academia Gurbia y tennis criollo", *La Prensa*, 1º de febrero de 1959.

Joffré, Tomás: *Causas instruidas en Buenos Aires durante los siglos XVI y XVII*, Buenos Aires, 1913.
Lafuente Machain, Ricardo: *El barrio de Santo Domingo*, Buenos Aires, 1957.
Lafuente Machain, Ricardo: *El barrio de la Recoleta*, Buenos Aires, 1945.
Lafuente Machain, Ricardo: *La plaza trágica*, Buenos Aires, 1973.
Lagio, Arturo: *Cronicón de un almacén literario*, Buenos Aires, 1962.
Lanuza, José: *Pequeña historia de la calle Florida*, Buenos Aires, 1974.
Lara, R. y Rovetti de Panti, I. L.: *El tema del tango en la literatura argentina*, Buenos Aires, 1968.
Larroca, Jorge: *San Cristóbal*, Buenos Aires, 1969.
Lastra, Felipe, A.: *Recuerdos del 900*, Buenos Aires, 1965.
López Peña, A.: *Teoría del argentino*, Buenos Aires, 1958.
Lynch, Ventura: *La provincia de Buenos Aires hasta la definición de la cuestión capital de la República*, Buenos Aires, 1883.
Looyer: *Los grandes misterios de la mala vida en Buenos Aires.* Buenos Aires, 1911.
Llanes, Ricardo: *Recuerdos de Buenos Aires*, Buenos Aires, 1977.
Llanes, Ricardo: *Biografía de la Avenida Santa Fe*, Buenos Aires, 1987.
Llanes, Ricardo: *El Barrio de San Cristóbal*, Buenos Aires, 1970.
Llanes, Ricardo: *El Barrio de Parque de los Patricios*, Buenos Aires, 1974.
Llanes, Ricardo: *El Barrio de Almagro*, Buenos Aires, 1968.
Llanes, Ricardo: *Teatros de Buenos Aires*, Buenos Aires, 1986.
Marambio Catán, Carlos: *60 años de tango*, Buenos Aires, 1973.
Maroni, Juan J.: *El alto de San Pedro*, Buenos Aires, 1971.
Martínez Cuitiño, Vicente: *El café de los inmortales*, Buenos Aires, 1954.
Melo, Juan C.: *Miserere*, Buenos Aires, 1969.
Mertens, Federico: *Confidencias de un hombre de teatro*, Buenos Aires, 1948.
Municipalidad de la Capital: *Actas del Concejo Deliberante de la ciudad de Buenos Aires correspondientes al año 1884*, Buenos Aires, 1886. *Idem* de otros años.

Municipalidad de la Capital: *Anuario Estadístico de la ciudad de Buenos Aires, entre 1891 y 1914,* Buenos Aires, 1916.

Municipalidad de la Capital: *Censo General de Población, Edificación, Comercio e Industria de la ciudad de Buenos Aires, 1887,* Buenos Aires, 1889, 2 ts.

Municipalidad de la Capital: *Censos municipales de 1909 y 1914,* Buenos Aires, 1910 y 1916, respectivamente.

Municipalidad de la Capital: *Memorias de la Municipalidad de la ciudad de Buenos Aires,* 1896, 2 ts. y años sucesivos. Municipalidad de la Capital: *Prostitución. Recopilación de ordenanzas, decretos, dictámenes, disposiciones de carácter interno, etc., años 1875-1925,* Buenos Aires, 1926.

Municipalidad de la Capital: *Archivo Histórico Municipal,* varios legajos.

Municipalidad de la Capital: *Evolución urbana de la ciudad de Buenos Aires,* Buenos Aires, 1960.

Municipalidad de la Capital: *La arquitectura de Buenos Aires, 1580-1880,* Buenos Aires, 1972.

Ortiz Oderigo, Néstor: *Aspectos de la cultura africana en el Río de la Plata,* Buenos Aires, 1974.

Ortiz Oderigo, Néstor: *Macumba,* Buenos Aires, 1991.

Pareja, Ernesto: *La prostitución en Buenos Aires. Factores antropológicos y sociales. Su prevención y represión,* Buenos Aires, 1937.

Penna, José: *La administración sanitaria y asistencia pública en la ciudad de Buenos Aires,* Buenos Aires, 1910, 2 ts.

Pillado, Antonio: *Anuario de Buenos Aires,* Buenos Aires, 1900.

Pintos, Juan M.: *Así fue Buenos Aires. Tipos y costumbres de una época. 1900-1950,* Buenos Aires, 1954.

Prieto Costa, Casimiro: "Las viviendas de la Capital Federal", en *Boletín del Museo Social Argentino,* T. IX, p. 542, Buenos Aires, 1920.

Puccia, Enrique: *Barracas. Su historia y su tradición,* Buenos Aires, 1975.

Puccia, Enrique: *Breve historia del carnaval porteño,* Buenos Aires, 1974.

Quintana, Ernesto: *El criollismo en la literatura argentina,* Buenos Aires, 1902.

Quintana, Federico: *En torno a lo argentino*, Buenos Aires, 1898.
Quintana, Vicente G.: "La ciudad de Buenos Aires" en *Revista de Buenos Aires*, T. XIV; Buenos Aires, 1867.
Re, Juan: *El problema de la mendicidad en Buenos Aires. Sus causas y remedios*, Buenos Aires, 1938.
Reson, Last: *A rienda suelta*, Buenos Aires, 1925.
Rivera, Juan B.: "Historias paralelas", en *Historia del tango*, T. I, Buenos Aires, 1976.
Rodríguez, Adolfo: *Historia de la Policía Federal Argentina. 1880-1916*. Buenos Aires, 1976.
Romay, Francisco: *Historia de la Policía Federal Argentina*, Buenos Aires, 1976.
Romay, Francisco: *El barrio de Monserrat*, Buenos Aires, 1962.
Rossi, Vicente: *Cosas de negros*, Buenos Aires, 1926.
Saldías, Jorge: *La inolvidable bohemia porteña*, Buenos Aires, 1976.
Scobie, James: *Buenos Aires, del centro a los barrios*, Buenos Aires, 1979.
Tallón, Jorge: *El tango en su etapa de música prohibida*, Buenos Aires, 1959.
Vattuone, Emilio: *El barrio de Floresta*, Buenos Aires, 1977.
Vecchio, Ofelia: *Mataderos, mi barrio*, Buenos Aires, 1980.
Viale, Paula: *La otra cara de la "vida alegre" en el Buenos Aires finisecular*. Tesis inédita.
Viejo Tanguero: "El tango, su evolución y su historia", en *Crítica*, Buenos Aires, 22 de setiembre de 1913.
Soiza Reilly, Juan J. de: *La escuela de pillos*, Buenos Aires, 1939.

EL TANGO: SU HISTORIA Y EVOLUCION

Horacio Ferrer

Prólogo de José Gobello

El tango: su historia y evolución, pequeño y un tanto humilde libro de Horacio Ferrer, tiene el valor de marcar un hito en la zarandeada historia de la música empírica, repentista y provocadora del tango. Podríamos decir que, con él, termina la edad de su inocencia para asumir la mayoría, con los riesgos y responsabilidades que esto supone. Según el autor, "el tango es una música de especie popular no folklorizada, básicamente reglada en compás binario de 4/8. A diferencia de otras artes musicales que son en general improvisadas, el tango es, siempre, música compuesta de antemano y ejecutada con acuerdo previo".

Posiblemente, este ensayo haya sido el germen de análisis posteriores, en cuyo desarrollo no fueron ajenos creadores como Piazzolla, Garello, Stamponi, Salgán.

Esta reedición del libro –que editamos por primera vez en 1960– tiene el sabor del desfloramiento fecundo, de lo añejo y, por qué no, de la nostalgia, como la poesía de algún tango.

BIBLIOTECA DEL PENSAMIENTO NACIONAL

LOS AÑOS DEL LOBO

Stella Calloni

Prólogo de Adolfo Pérez Esquivel

¿Qué dimensión tuvo el mercado común de la muerte, en los años de mugre y miedo de las dictaduras militares? ¿Cuántos países abarcó, cuántas fronteras borró, cuántas vidas humanas mutiló o aniquiló? Y, ahora, en plena era de la globalización, ¿qué garantía tenemos contra el regreso del horror globalizado?

Hay que conocer lo que ocurrió, para que no vuelva a ocurrir. Por la buena salud de la democracia, que tanto invocan los presidentes en sus discursos, es imprescindible sacar al sol aquellos sucios secretos, guardados bajo siete llaves en los Estados Unidos (la madre patria) y en nuestros países del sur.

Estas páginas abren puertas y revelan la punta del iceberg.

Eduardo Galeano

BIBLIOTECA LA SIRINGA

ROMANCERO CANYENGUE

Horacio Ferrer

Prólogo de Alejandro Dolina
Introducción de Cátulo Castillo

La poética, bajo la advocación de Erato, musa inspiradora de líricos momentos y desocupados románticos, no deja de ser un género glorificado, como poco transitado. La realidad reclama temas más próximos, más nuestros. Esta ligera digresión se convalida cuando el lenguaje cotidiano se sublima y se recrea para describir poéticamente el mundo esencial del amor, de la pasión, del arte o de la patética derrota.

Es el caso de este *Romancero*, que no es el del Cid, precisamente, pero es el alumbramiento de la visión *canyengue* de noctámbulos, mujeres fáciles para hombres difíciles, fueyes estirados y guapos que arrugan, todo traducido por la sensibilidad y la emoción de un rioplatense traído de la mano de Cátulo Castillo, consagrado por Astor Piazzolla y expuesto por Alejandro Dolina.

BIBLIOTECA DEL PENSAMIENTO NACIONAL

CINCO DANDYS PORTEÑOS

Pilar de Lusarreta

Prólogo de Pedro L Barcia

El dandysmo es ese género social que practican unos pocos elegidos y lo admiran casi todos. La belleza, la pulcritud y la elegancia, todo rodeado de una afortunada economía familiar, han sido rescatadas por Pilar de Lusarreta en este libro, *Cinco Dandys Porteños*, tan solicitado como ausente en las librerías. Personajes tales como Manuel Quintana, Bernardo de Irigoyen, Lucio V. Mansilla o Benigno Ocampo, imprimen en estas páginas su especial estilo personal del gusto por la vida y el señorío para ejercerla. Que es el caso singular de Fabián Gómez y Anchorena, Conde del Castaño, cuyas andanzas mundanas, saraos y demostraciones principescas han proporcionado a historiadores, sociólogos y novelistas motivos apasionantes de su novelesca vida como inesperado final. A este "dandysmo" criollo y romántico, la autora contrapone *los rasgos típicos de lo que podría llamarse dandysmo profesional: aridez, extravagancia, dispendio, orgullo vacuo y desmedido, innata malevolencia.*

BIBLIOTECA DEL PENSAMIENTO NACIONAL

LA PATAGONIA TRAGICA

José María Borrero

Prólogo de Osvaldo Bayer

"En 1928 apareció en Buenos Aires un libro que alcanzó gran notoriedad y ribetes de escándalo. Se llamaba *La Patagonia trágica*. Su autor era José María Borrero. El libro estaba escrito en un estilo agresivo y en cada página había una denuncia. No tenía rigurosidad histórica pero podía servir de testimonio o de materia polémico para un estudio serio de la realidad patagónica. En torno a *La Patagonia trágica* se formó todo un halo de misterio: al poco tiempo desapareció de las librerías. Empezó a difundirse entonces la leyenda de que el libro había sido prohibido, o que los Braun Menéndez o los Menéndez Behety habían comprado toda la edición. Los pocos libros en circulación se pasaban de mano en mano, casi en secreto, por lo explosivo del tema. En su última página, el libro anunciaba la segunda parte, titulada: *Orgía de sangre*. Esta segunda parte jamás apareció. Trataba, según el anuncio, de las 'horrorosas matanzas de 1921'. Se formó una nueva leyenda sobre esta segunda parte. Se dijo que a Borrero le habían robado los originales, que se los habían quemado, que lo habían matado al propio Borrero, etc., etcétera."

Osvaldo Bayer